雁翔长安

宋鸿雁/著

陕西新华出版

陕西人民出版社

图书在版编目（CIP）数据

雁翔长安／宋鸿雁著. —— 西安：陕西人民出版社，
2025. —— ISBN 978 - 7 - 224 - 15762 - 8

Ⅰ. I267

中国国家版本馆 CIP 数据核字第 20253EQ399 号

封面题字： 贾平凹
出 品 人： 赵小峰
策划编辑： 彭　莘
责任编辑： 黄　莺
整体设计： 白明娟

雁翔长安

YANXIANG CHANG'AN

作　　者 宋鸿雁
出版发行 陕西人民出版社
　　　　　（西安市北大街 147 号　邮编：710003）
印　　刷 陕西天地印刷有限公司
开　　本 787mm×1092mm　1/32
印　　张 10
字　　数 220 千字
版　　次 2025 年 4 月第 1 版
印　　次 2025 年 4 月第 1 次印刷
书　　号 ISBN 978 - 7 - 224 - 15762 - 8
定　　价 78.00 元

己亥年秋

兰州大学甘校友作家

宋鸿雁女士

散文者

诗而散乎

阎纲

著名文艺评论家、作家阎纲为作者题词

序

近几年由于身体缘故，逐渐减少了一些外出活动，写序作跋等基本上也都拒绝了。青年作家宋鸿雁寄来了她的散文集书稿，邀我为其作序。她是我兰州大学的小校友，又是陕西小老乡，这样的一个双重身份，我不假思索地应允了。

清新的题目，朴实的语言，如诗的意境。这是我看《雁翔长安》文稿时的第一感受。鸿雁，于兰州大学医学院毕业，成为一名光荣的军医，后转业到卫生行政部门工作。一路走来，她始终没有放弃最初的梦想：对文学艺术的追求，孜孜不倦地跋涉在文学道路上。从妈妈的女儿，女儿的妈妈，到患者的白衣天使，再到卫生局的工作人员，丰富多彩的人生经历成为她永不枯竭的创作源泉。

语言是思想的外衣。透过鸿雁的散文作品，处处都可看见她对正直和善美的追求。《雁翔长安》全稿分九个篇章，共六十七篇，以随笔、叙事抒情为主，将近年来所写的作品结集成册。洋洋洒洒几十篇作品，可谓取材广泛、笔法灵活、篇幅短小、情文并茂。无论是寓情于景的游记，还是人生历程；无论是在亲情友情中折射人生道理，还是抒发情感，都是作者灵魂深处心声的流露，是作者对生活对人生思考的结果。老百姓的日子原本就是普普通通的，没有那么多惊天动地的事，也不关乎治国安邦之伟业。农家小舍之内，袅袅炊烟之下，尽是那些平平淡淡的小日子，柴米油盐，悲欢离合，喜怒哀乐全装在里面。在这些俗世的简朴的生活中，每个人每个家庭都有值得纪念值得书写的东西，都有他们各自的精彩和亮点，这就成了散文的取材对象。鸿雁的散文即是如此。她善于从记忆和现实的双向交流中，去捕捉最有情感含量和最能打动人心的东西，转化为清新秀美的文字。

童年生活是作家挖掘不尽的话题。本散文集中，回忆孩提时代生活的作品也有一些，如《最忆永寿槐花香》《遥远的阿孜古丽》等，文章描写细腻，情感真挚。还有与女儿生活情趣题材的，如《哭泣的千纸鹤》《搅团趣事》《写给女儿的一封信》，文字生动、活泼有趣，字里行间洋溢着浓郁的母爱，很有代入感。而《女儿的期盼》《趴在父亲背上》，是以女儿的身份来写父亲的，绘声绘色的细节描写，使得父亲的形象鲜活立体，具备打动人心的穿透力，显示出作者不凡的才气和娴熟的技巧。

值得一提的是，鸿雁笔下是我熟知的故乡，她的游记散文，看似写景，实则抒情。如开篇之作《未央　未央》，她写道："作为未央人，我深深地爱着这块土地。'为什么我的眼里常含泪水？因为我对这土地爱得深沉。'"

简单干净，直抵心灵。

俗话说言为心声，没有什么比真诚更能展示作品的魅力了。鸿雁的散文集《雁翔长安》中，像是展开了一幅画卷，文中有画，画在文中。乡村和城市的背景，镌刻不同时期的年代烙痕，那样触心动容。描写中有思考，感动中有深度。朴实的文风中，有美的发现，诗的抒发，情景交融，值得一读。我相信，有她丰富的人生阅历，有她笔耕不辍的勤勉努力，未来她定会像一只展翅的鸿雁，在浩瀚的文学天空中自由翱翔。

周明，著名作家，曾任中国散文学会常务副会长，《人民文学》常务副主编

目录

壹 长安历史

历史

未央　未央

　　西安未央是一方神奇的土地，这里有秦阿房宫、汉未央宫、唐大明宫、汉长安城遗址。这些遗址集中分布在未央龙首原一带，见证着这方土地的荣光与辉煌。作为未央人，我深深地爱着这块土地。"为什么我的眼里常含泪水？因为我对这土地爱得深沉。"

　　我曾为唐大明宫写下《大明宫美人》《香满大明宫》等文字，也曾多次拜访汉长安城遗址：春赏桃花放风筝，夏乘荫凉说汉风，秋观黄叶捡汉瓦，冬沐白雪返大汉。我也曾数次登临未央宫，看着它由荒凉沉寂稳步走进世界遗产名录。我也曾无数次站在前殿最高处，怀想历史，怅望古今。

西汉王朝的都城长安，是与罗马古城并称于世的，享有"东长安，西罗马"的美誉。汉长安城里的未央宫，也许只有唐大明宫可以与之媲美，汉未央宫、唐大明宫恰是汉唐雄风的最佳体现。两座不同历史时期的宫殿，都建造在龙首原上，一西一东，好似那条来渭河饮水的黑龙的眼睛。

戊戌年立冬后的一个周日，我又一次踏上了这片神圣的土地——汉长安城未央宫遗址。虽是初冬，但是天空很晴朗。蓝天不掺杂一丝杂质，又透又亮，显得很高远。在高远的蓝天下，汉长安城遗址越发显得旷远辽阔，大气雄浑。远望一方高大台基，被树林和草地围拱着。树叶颜色斑驳，草地枯黄，唯有那方高台静立蓝天下，透出君临天下的气势！

是的，这就是汉长安城未央宫！这方高台就是未央宫前殿遗址！想起刚刚在遗址陈列厅看到的"长乐未央"瓦当，造型逼真生动的陶马、陶骆驼，纹饰精美的方砖、瓦脊，时尚的着曳地喇叭长裙的汉代女俑……那连接起东西方文明的丝绸之路，正是从汉长安城的未央宫出发，一路向西，通向罗马古城。那悠扬的驼铃声正穿透历史迷雾，叮当作响，牵引着我的思绪。朴拙抽象的汉雕石虎，迈着有力的虎步，威猛前行。虎为百兽之王，这尊石虎，端得虎虎生威，傲视群雄，就像曾经辉煌耀世的西汉王朝，向世界喊出："明犯强汉者，虽远必诛！"

七十年来，为保护汉长安城遗址，国家和陕西省、西安市、未央区各级政府做了大量卓有成效的工作。汉长安城遗址

1961 年即被列为全国第一批重点文物保护单位；2011 年国家文物局会同陕西省共同成立了汉长安城国家大遗址保护特区；2012 年 5 月，我国和哈萨克斯坦、吉尔吉斯斯坦三国联合启动申报"丝绸之路：长安 – 天山廊道的路网"世界文化遗产项目，汉长安城未央宫遗址作为丝绸之路的历史起点名列其中；2012 年 8 月，西安市成立汉长安城国家大遗址保护特区管理委员会，同期启动实施未央宫申遗世界文化遗产项目；2013 年 9 月 7 日，习近平主席在哈萨克斯坦纳扎尔巴耶夫大学演讲时深情地说"我的家乡陕西，就位于古丝绸之路的起点"；2014 年 6 月 22 日，汉长安城未央宫遗址成功列入世界文化遗产名录……七十年来的保护与发展，我们一直追梦前行。

走了很久很久，就像穿行在千年的时光隧道中。我站在未央宫前殿南侧的汉代道路上，举目北望，那逐级高上去的台面，那枝干沧桑的大树，那渐变枯黄的小草，曾经雄伟壮丽的未央宫前殿，就在这方古老的高台上。脚下的道路是如此宽阔，路尤如此，何况宫殿乎？据悉未央宫遗址上的道路完全仿照汉代道路的形制进行复原，同样宽阔的道路，同样的小石子铺地，不同的是走在路上的人们。

未央宫前殿遗址分成三级平台，一级比一级高。为保护前殿遗址区的道路，专门在道路上面架设了木板通道。登上一级一级的木板台阶，风渐渐大了，视野越发地开阔。站在前殿遗址的最高平台上，东观汉城湖碧波荡漾，南眺终南山莽莽苍苍，西看皂河如巾似带，北望天禄阁小巧玲珑。《水经注·渭

水》记载未央宫前殿"斩龙首山而营之""山即基阙,不假
筑",看来未央宫真是占据了长安的龙首,大有舍我其谁的
气概!

在广阔的一、二级平台上,有好多放风筝的人,一只鸽子
风筝正在亮蓝的天空自由飞翔。我出神地望着鸽子风筝,思绪
却回到十年前的阳春三月。2008年春绿未央桃花红时,未央
宫前殿遗址有风筝大赛,我专门跑去观看。不为看风筝,只为
看未央宫遗址。驱车行驶在汉城街道辖区的村道上,两旁桃林
灿然若霞,麦田青碧如玉。

不知不觉间,来到一处被成片的绿树和麦田层层包围着的
空旷之地。听一位长者说这里就是汉长安城未央宫遗址,放风
筝的高台就是未央宫前殿遗址。我顺着绿草中的羊肠小路向那
方高台奔去,左躲右闪地避过那些放风筝的人们,直到台面的
最高处。

站在最高处,视野是如此开阔,心情是那样豪迈。这就是
汉长安城! 这就是未央宫! 这就是前殿! 平展展的西安
城,哪里会有如此高的台原? 只有龙首原! 龙首原上最大的
古都城、最壮丽最雄伟的宫殿,自然是汉长安城,是未央宫,
是前殿。

"同学们,这里就是汉长安城未央宫遗址。公元前138
年,汉武帝派遣张骞出使西域,就是在未央宫做出的重大决
策。张骞的'凿空'之旅打通了连接欧亚的陆上通道,这就是
丝绸之路! 这里就是丝绸之路的起点! "一位大学教授正在

向他的学生进行实地教学，他激昂自豪的话语，将我的思绪拉了回来。

这些年轻的学子们，从大江南北会聚到汉长安城遗址上，站在未央宫前殿的高台上，聆听着一堂历史的大课，文化的大课。汉长安城未央宫裹挟着两千多年的雄劲汉风，以铺天盖地之势包裹了这些天之骄子。若干年后，他们会给他们的子孙讲宏大的汉长安城，讲宏伟的未央宫，讲壮丽的前殿，讲汉人、汉族、汉字的由来，讲汉文化的传承与发展……

在未央宫前殿的高台上，除过年轻的学子们，两位金发碧眼的外籍青年吸引了我的目光。他们热切地看着汉长安城遗址，热烈地谈论着未央宫，热情地抚摸着前殿上的遗址导览图。风吹来他们的话语，我只记住了"Han Dynasty！"大汉王朝！

我轻轻地走在汉长安城未央宫遗址上，不敢高声语，不敢重步行，唯恐惊醒了两千年前的都城，惊扰了两千年前的繁盛。走着走着，足尖碰到一处硬物，我俯身捡拾起来，原来是一片瓦当的残片，依稀可见残留的云纹。这会是"长乐未央"瓦当的残片吗？ 我心里期望它是。

透过这片瓦当残片，我看到了汉长安城遗址的未来，未央宫的未来。那将是世界上最大的都城遗址，最大的宫殿遗址。在这里可以观看护城河、城墙、宫殿、沧池等遗址展示；可以观赏精美的出土文物、丰富的博物馆馆藏；可以游览别具特色的汉风小镇等。到了那一日，沉寂两千多年的汉长安城未央宫，正如未央之名——"繁荣兴盛，不尽不衰"，将会是长乐未央！ 无极未央！

（2019 年 9 月于长安龙首原）

原载《光明日报》2019 年 10 月 8 日 9 版

大明宫美人

清晨七时，我一如既往地走在通往唐长安城大明宫国家遗址公园的路上。

沿龙首北路东行，过驼队雕塑，穿右银台门，沿西宫墙往北快步疾行。西侧是翰林院遗址，可惜翰林院已了无踪迹，取而代之的是大片绿地和高大树木，我想象着饱学的翰林学士在此等候召见和差遣的情形。

东侧是麟德殿遗址，是大明宫内规模最大的一处宫殿建筑。透过密密的爬山虎墙，可望见残存的高大台基，光凭残存的台基即可想见麟德殿的雄伟气派。记得我曾登麟德殿遗址，台基上尚存巨大的柱础和残破的地砖。遥想当年，宫廷宴会乐舞时，有多少美丽的女子曾在此翩翩起舞？

朝着九仙门方向继续北行，在一岔路口东侧，望见大片的绿地和樱花树。春季，我曾流连花雨纷飞的樱花树下。沿着林间小路，旖旎而行，一组壁画和雕塑相呼应的景观就会亮了你的眼。帝王冠冕堂皇，侍从谦恭有礼，侍女温婉可人。每到拐弯处，总有一侍女左顾而望，很是特别，我总觉得她在望我，我亦在瞅她。

横穿宫苑西路，继续沿石板小路向东，想起春季盛开的西府海棠，也曾频频让我驻足。含苞时，红艳欲滴；绽放后，玉容月颜。看到海棠，总会不由自主想到杨贵妃。东坡居士曾深情咏赞："只恐夜深花睡去，故烧高烛照红妆"，恐怕再没有人比东坡居士更爱海棠！ 东坡居士以海棠花比贵妃，足证杨贵妃的明艳动人。

踏上朱红色的实木拱桥，桥下流水潺潺，两岸水草丰茂。进入木篱笆圈起的岸边高地，我的心情越发迫切，就如同痴情的男子渴望见到心仪已久的女子一样。远处蓬莱岛缥缈于晨雾中，岛上树木森森，垂柳依依。最高的树杈上憩着不知名的水鸟，湖面野鸭悠游。我奔向太液池畔，还好，采莲女悠然，美人依旧。

太液池，在大明宫北部，因池中有湖心岛蓬莱，故又名蓬莱池。我心心念念不忘的采莲女，就在太液池西池的西北岸。夏季，池岸长满茂盛的芦苇和香蒲草，太液池中荷叶田田、荷花玉立，采莲女就掩映在芦苇、香蒲草和荷叶荷花之中了。

池岸边的青石上，广袖舒裙的唐朝侍女悠然回首，纤手递出一支长篙，好似在召唤乘船采莲的女子快快上岸，可是船中的三名妙龄女子一点都不急于上岸。船头娇俏可人的侍女半个身子探出船去，伸出右手去摘一枝盛开的白荷，左手里刚摘的莲蓬反手交给坐在船中的娴雅姐姐。姐姐一面嘱咐她当心，一面顺势握住她的手，担心她一不小心滑落水中。船尾撑船的侍女，微笑地看着船中采莲的两人，对岸边召唤的声音充耳不闻，微微哼着采莲曲："罗裙虹霓裁，芙蓉向脸开。泛舟烟波里，太液照影来。"云鬓上的红荷，映衬着她的芙蓉面，体态婀娜，柳腰轻摆，纤手微撑，点一支长篙，小船又悠悠然荡远了。

这幅美妙的画卷，舒展在太液池畔，引得我天天殷勤探看。这是女雕塑家黄剑的《采莲图》，描绘了太液池莲花盛开时节，宫中女子移舟采莲的动人美景！有位学者曾说：太液池是后宫内池，宫女、妃嫔及皇亲近臣泛舟湖上是有可能的，但如雕塑所表现的采莲主题是难以想象的。唐朝诗人张祜曾赋诗："故国三千里，深宫二十年。"我想雕塑作者是深切地感悟到后宫女子的悲欢离合，才寄予希望地创作出生动活泼的《采莲图》，来表达自己对宫中女子深深的爱怜与悲悯！

也许女人更懂女人吧！采莲女们一举手一投足，都牵着我的心。她们是如此之美，让我想起了《诗经·卫风·硕人》中对美人的描写："手如柔荑，肤如凝脂，领如蝤蛴，齿如瓠犀，螓首蛾眉，巧笑倩兮，美目盼兮。"

也许除了《采莲图》的作者黄剑外，再没有人比我更爱这些采莲女。每日清晨，我总是脚步匆匆，沿着既定路线，心像被小手挠着，魂也被丝线牵着，魄总被眼波勾着。直到我远远望见太液池，望见蓬莱岛，望见小舟，望见采莲女，我悬着的心才能静下来。站在池岸，看野鸭划行荷叶间，听采莲女喃喃私语，嗅荷叶荷花幽远清香，感晨雾飘缈迷漫。清人张潮的话语如在耳畔："所谓美人者，以花为貌，以鸟为声，以月为神，以柳为态，以玉为骨，以冰雪为肤，以秋水为姿，以诗词为心"。这不正是在说我的大明宫美人吗？ 我心仪的采莲女！

在太液池畔流连，时间过得总是很快。面对赏心悦目的采莲女，我呼吸吐纳着荷香，拉伸舒展着腰身，一天都会神采奕奕！

不知不觉中，荷残秋已至。夏日荷塘是清新之美，秋日残荷更添萧瑟之致。荷叶枯萎，莲蓬垂头，让人心生爱怜。"蒹葭苍苍，白露为霜"，曾经的苍苍芦苇白了头，青青香蒲黄了发梢。沿太液池岸返回的路上，我看到园林绿化人员穿着连裤防水衣，站在池水里采割这些摇曳的水生植物。不由好奇，弯腰询问正在岸边将采割下来的水生植物进行捆扎的阿姨。阿姨手中忙着活计，顾不上抬头地解答："秋天要将这些芦苇和毛拉草（也就是香蒲草）割掉，否则冬季会腐烂发臭的。"

心里感慨着园林绿化人员的辛劳，脚步却将我带回到宫苑西路上。大道两旁，树木花草错落有致：高处有国槐、杨树、栾树；中间为桂树、枇杷；稍低有木槿、红枫；地面铺绿绿的草坪。宽阔的大道上，辛勤的保洁大姐用扫帚清扫大道上的落叶，用手轻轻摘取花树上的落叶，再用夹子夹取草坪上的落叶……她们对一树一花一草是那样的爱惜，唯恐伤了花，损了草坪。

原来我们平日赏的美景，竟有这么多园林绿化和保洁人员在辛勤维护。采割芦苇的阿姨，清扫园区的大姐，她们不也是大明宫美人吗？

在麟德殿南西折，行不远，上金銮坡，北有金銮殿，南有大片空地，一列六骑的马球队迎面奔驰而来。人、马通体银白，浑然一体。马匹矫健俊美，腿蹄轻捷，当先一马昂首嘶鸣，余马听令列队。马背上的唐朝女子身形矫健，容颜清丽，左手引缰，右手执马球杆，就像接受检阅的女子仪仗队。每每行于此，我总要驻足向她们致敬！ 在大明宫遗址公园里，还有一处雕塑，反映了唐明皇与杨贵妃打马球的精彩瞬间，画面极具动感，精彩传神，感兴趣的朋友不妨亲自前往观赏。

日日穿行大明宫，冬的脚步也来了。出右银台门，南侧驼队雕塑广场上，一群大妈围成一圈，跳起热情的藏族锅庄舞，好似早冬的寒气也被驱赶跑了。胡商、驼队、着藏袍欢快舞动的大妈们，仿佛让我有了穿越丝路的感觉。

古丝绸之路，已然焕发新的风采；今日大明宫，正以绝世容颜，喜迎四海宾朋。唐代女子，崇尚自然健康之美；当代女子，更应传承自然健康的审美观。不知从几时起，一些爱美的女性开始割双眼皮、隆鼻、削下颌角，以期达到更精致的面容；还有一些女性丰胸、束腰、垫臀，追求所谓"S"型身体曲线；再到近期网上热传的反手摸肚脐、炫 A4 腰、锁骨养金鱼等，追求极致瘦身，以瘦为美几近病态！

其实，天地生万物，各有各的美！牡丹雍容，芙蓉清丽，海棠明艳，荷花高洁，菊花素雅，梅花冷艳……世间的女子，就如同这些美丽的花草，各自绽放各自的美丽，不必大家皆同。

那么，谁才是我心目中的大明宫美人呢？采莲女娴静如姣花照水，散发优雅之美；打球女矫健似凤凰于飞，激发活力之美；辛勤劳作的园林绿化阿姨、保洁大姐，展现劳动之美；跳跃的广场舞大妈，宣扬运动之美。难道她们不美吗？是的，她们是如此之美！她们都是我心目中的大明宫美人！

（2017 年 11 月于长安龙首原）

原载《西安日报》2018 年 12 月 27 日副刊《西岳》

您一直唤我鸿雁

　　"鸿雁、鸿雁……"昨夜梦中，我又听见父亲唤我的名字。猛然惊醒，拥被暗泣，想到要给父亲过"五七"了。父亲，您是回来看您的女儿了吗？ 您还是一如往常那样唤我"鸿雁、鸿雁"，可您再也听不到我的清脆应答"来啦、来啦"。

　　犹忆儿时，您坐在小凳上将我抱在怀里，抚摸着我的头发认真地问我："女子，今年就该上学了。你的名字你自己选。一个是家乡漫山遍野的山丹丹花开红艳艳的'红艳'，一个是天空中飞的又高又远的'鸿雁'，你喜欢哪个？"那时我还不识字，听着您讲名字的含义，毫不犹豫地回答："我要飞得又高又远的'鸿雁'！"您告诉我：鸿雁是义鸟，代表忠贞；鸿雁是信使，自古以来，就有"鸿雁传书"之说。您要我好好做人，好好做事，对得起"鸿雁"这么美的名字。

从此，您一直唤我"鸿雁"。而我也是遵照您的嘱托，好好做人，好好做事。您曾给我讲过"鸿雁传书"的由来，那得从"苏武牧羊"说起。天汉元年（前100），汉武帝派中郎将苏武持节出使匈奴，后苏武被长期扣留。匈奴贵族多次威胁利诱，欲使其投降，苏武持节不屈；后将他迁到北海（今贝加尔湖）边牧羊，扬言要公羊生子方可释放他回国。苏武风餐露宿、忍饥挨饿，不改初衷。

汉昭帝时，汉匈通好，匈奴单于仍不愿放苏武归汉，谎称苏武已死。后汉使再至匈奴，与苏武一同出使匈奴的常惠秘见汉使，告知苏武还活着，并让他对单于说："天子射猎长安上林苑，得一雁，足系帛书，言武在某一大泽中。"单于闻言，惊视左右，遂向汉使谢罪，只得把苏武放归汉朝。"鸿雁传书"从此被传为千古佳话；高飞的鸿雁，也就成了信使的美称。

西汉的苏武，留居匈奴十九年持节不屈；唐朝的王宝钏，苦守寒窑十八载等候远征的丈夫。曾陪父母去看秦腔戏《王宝钏》，王宝钏本为相府千金，彩楼抛绣球招亲，抛中乞儿薛平贵。王宝钏为嫁薛平贵，离开相府寄居寒窑。后薛平贵征西，王宝钏苦守寒窑十八载，剜野菜度日。一日，王宝钏听到空中传来鸿雁的哀鸣，遂撕下罗裙，咬破指尖，写下血泪书信，托鸿雁传书给夫君薛平贵。当听到王宝钏的凄苦唱词："无边相思托鸿雁，为我捎书赴西凉……"我也止不住的泪珠滚滚。那只忠贞多情的鸿雁，没有辜负宝钏的一片痴情，飞跃千山万水，将血泪书信带到薛平贵身旁。薛平贵展信也是痛断肝肠："我一见血书泪如倾……止不住大漠放悲声，恨不能插翅寒窑往……"遂将血泪书信呈给西凉国的玳瓒公主，玳瓒公主被宝钏的坚贞痴情感动，放薛平贵回家乡。一对痴情的人儿，托"鸿雁传书"，最终团圆。

无论是悲壮的苏武牧羊，还是凄美的宝钏守窑，最后都是借助鸿雁传书，让人物有了完满的结局。鸿雁传书寄托了人们的思念和乡愁，表达了人们的思想和感情，渐渐成了书信的代名词。

汉朝奇女子蔡文姬所作《胡笳十八拍》，哀婉悲伤，撕裂肝肠。"雁南征兮欲寄边声，雁北归兮为得汉音。雁高飞兮邈难寻，空断肠兮思愔愔。"大雁南飞时想让它帮我捎去对家乡的思念，北归时为我捎来回信。大雁高飞而去，渐渐不见踪迹，肝肠寸断又能怎样，只能默默苦思。鸿雁又一次充当了信使的角色，文姬最终得以回归日思夜想的家乡。

北宋著名文学家晏殊《清平乐·红笺小字》有云："鸿雁在云鱼在水，惆怅此情难寄。""千古第一才女"李清照《一剪梅》曾咏叹："云中谁寄锦书来？雁字回时，月满西楼。"真真是鸿雁传书寄相思！

"鸿雁"作为中国邮政的象征，早在1897年清朝发行的普通邮票中就出现过,即"飞雁"。新中国成立后,1958年,原邮电部发行了《莫斯科社会主义国家邮电部长会议》纪念邮票,图案为广播电讯发射塔和正在蓝天上展翅翱翔的大雁。2005年发行的"信达天下"邮资明信片上,邮资图案采用的也是翩翩展翅的大雁。海峡对岸,我国台湾邮政部门在1966年10月发行《雁行图》邮票,邮票上鸿雁排成雁阵展翅高飞。

2014年5月9日,台湾邮政部门发行了邮票《鸿雁传书》;第二天5月10日,中国邮政集团公司也发行了《鸿雁传书》邮票。这是海峡两岸同步发行同一题材的第一套邮票,通过多情的鸿雁,传达了两岸同胞同根相连、血浓于水的深情,借助振翅高飞的鸿雁,期望搭建起一座连接海峡的"雁桥",使两岸同胞得以团聚!

"鸿雁、鸿雁",那是亲人的轻声呼唤,更是海峡两岸人们的深情呼唤。"鸿雁,向南方,飞过芦苇荡。天苍茫,雁何往,心中是北方家乡。"马头琴忧伤,歌声悠远,天空中传来鸿雁的声声鸣叫,那是对亲人的思念,那是对团圆的渴盼,海峡两岸人们的美好愿望随高飞的鸿雁直达天际,直到永远。

(2018年5月于长安龙首原)

原载《中国文化报》2018年5月22日3版《美文》副刊

大明宫赏唐美人

辛丑年春节，自是和庚子年春节不同，那火热的节日气氛是如此鼓舞人心。精彩纷呈的央视春晚，灯光璀璨的唐长安城大明宫、大唐不夜城，让人又笑又哭的亲情电影《你好，李焕英》，我感觉自己的眼睛都快看不过来了。最出乎意料的是河南春晚的舞蹈节目《唐宫夜宴》，一群娇憨可爱的唐朝少女乐师，从《簪花仕女图》中活泼俏皮地舞了出来。

长安自古帝王都。唐大明宫的雄伟宫殿虽已在历史长河中烟消云散，但其遗址尚存。2010 年，西安市在龙首原大明宫原址上，建立大明宫国家遗址公园。昔日的皇家宫殿，今日成为市民、游客和青少年感悟体验盛唐文化的胜地。

　　漫步大明宫，总会有许多令人惊喜的发现。春节假期，有暖阳相伴，我又来到了心心念念的大明宫。几个孩子的妈妈们，站在不远处看着孩子们玩耍，愉快地聊着天。一位身穿红色短款薄羽绒服的女士，看着雕塑跟前穿红底雪花图案毛衣的小男孩，对另一位女士说："我家儿子可喜欢《唐宫夜宴》视频中的唐妆小姐姐了。我知道大明宫中有很多唐朝仕女雕塑和展示画作，所以今天专门带他到大明宫里来看看。"穿白色短外套的女士笑着回应道："哎呀，巧了！我女儿就想看看现实生活中可触可摸的小唐妞。"

　　她俩的想法和对话，和我不谋而合。游玩的人们通过这组雕塑，既可以欣赏到唐朝仕女，还可以观赏到她们吹乐助兴的乐器。乐器自右而左，分别为筚篥、琵琶、古筝与笙。侍立的二人中，一女轻敲牙板，以为节奏。这些乐器中，筚篥、琵琶、笙均来自龟兹，由此可见大唐文明的兼容并蓄。快到宫苑东路处，有《捣练图》雕塑。一幅红色开轴长卷竖直打开立于碎石地面上，画中人物、器具等均由金属材质镂空雕刻而成，看似简洁，实则韵味深长。

　　依稀记得在《捣练图》不远处，我曾欣赏过依据名画《簪花仕女图》创作的雕塑作品《新簪花仕女图》。可我在附近遍寻未果，忙询问工作人员，答复说送去保养维护后，就搬到太液池南岸了。是啊，雕塑需要保养维护，古画需要馆藏保护，美人更需关爱呵护。

　　我站在宫苑东路上，隔木栅栏远望太液池东池，湖面水波粼粼，湖水倒映着堤岸边的垂柳，使湖水呈现出黄、绿、青等不同颜色。最妙的是堤岸上一匹怡然自得的骏马，正低头饮水。也许它的主人也是一名女子，恰好穿着《唐宫夜宴》中唐妆小姐姐的服饰，正在偷偷地临水照花。

我顺路行到太液池南岸，远远地望见阳光下，放射着七彩光芒的簪花仕女们。《新簪花仕女图》雕像用七彩金雕塑而成，整体感觉富丽堂皇、光彩夺目。面对着雕塑，可以看到最右侧两名贵妇在戏犬，其中一女子左手持拂子逗弄爱犬，神态喜乐俏皮。只见她曲颈勾首，好似头顶的高髻和簪花随时要滑落下来。同时身体微微侧倾，肩头的披帛顺势滑落，右臂微抬，右手微翘，恰好挽住滑落的披帛。她的同伴伸手欲加以制止，没想到爱犬被逗得浑身发痒，"汪汪"直叫，撒腿便跑。

中间显要位置是一位身穿华服的美人。头顶峨髻上斜簪大朵鲜花，让人想起谢偃的《踏歌词》"风带舒还卷，簪花举复低。""蛾翅眉"上翘欲入云鬓，右手拈一枝娇艳的红花，左手捏一支金步摇，也许她正在思量将花簪到发髻哪个位置较适宜。身后执扇侍女低头沉思，神情略显茫然，与众贵妇闲适安逸的神态迥异，强烈的对比让作品更显张力。

最左侧有湖山和辛夷花，近旁一女子正赏花采蝶，足旁小犬欢跃，仙鹤亮翅。采蝶女子面如满月，眉若蛾翅，目似丹凤，朱唇微点，笑颜微露。右手举着彩蝶，左手托着披帛，回首侧顾足旁的小犬和仙鹤，怡然自得的神情是那样迷人。身后的端庄贵妇正徐步缓行，头顶簪花微微后坠，衣饰纹路若小溪流过山谷，又似微风轻拂杨柳。真是"裙轻才动佩，鬓薄不胜花"呀。

回到太液池北路的西口附近，西北方向有栖霞山，山南不远处可望见《挥扇仕女图》雕塑。我不由加快脚步，离它越来越近，心跳也越来越快。该雕塑取材于唐周昉的名画《挥扇仕女图》，周昉被誉为"画女子为古今之冠"。透过雕塑，我可以好好地领略唐朝仕女的神韵。此组雕塑采用浮雕和圆雕相结合的方式进行展示。面对雕塑，由右至左依次雕刻了"执扇慵坐、解囊抽琴、对镜理妆、绣案做工、挥扇闲憩"的场景。

此雕塑作品别出心裁，主要人物以圆雕方式予以突出，次要人物以浮雕进行刻画。慵坐的贵妇，手执小纨扇，睡眼迷离，若有所思。右边官人为她轻挥着一把长柄宫扇，送来清凉。左边两位官人捧着洗漱的水盆和瓶，随时准备上前服侍。

时间过得总是很快，告别雕塑上的唐美人，我沿龙首渠东侧小路返回九仙门。渠边高大的垂柳，已微微泛青，一阵微风拂过，柳条轻柔地飞舞起来。渠中流水叮咚有声，渠岸湖石错落有致，我在叮咚声里飘飘欲仙。我的及腰长发在风中飞舞，红色唐装衣裙在风中飘舞，腰带和袖口的白色绣花在风中起舞。有那么一瞬，我觉得自己也是那惊鸿一瞥的唐美人。

那些唐朝的美人，没有因大明宫的湮灭而湮灭。她们美在舞蹈里，美在名画上，美在雕塑中，她们的美通过各种方式得以流传。后人借此欣赏她们的美——簪花女雍容华贵，捣练女优雅从容，挥扇女慵懒闲适……唐美人就这样鲜活地向我们走来。

（2021年2月于长安龙首原）

原载《中国青年作家报》2021年3月2日16版

诗意诗经里

"让世界，重回诗意。"这是怎样的理想？ 又是怎样的诗意？ 寻觅诗情，寻找诗意，寻见诗经里。

一次偶然的机会，我不经意间来到诗经里。"礼乐沣河，诗意生活"的沣滨水镇·诗经里，给我留下满满诗意的回忆。

沣水泱泱，灵沼漐漐，沣河两岸，诗意醉人。以草覆顶的大门，以竹为篱的围墙，曲水环绕的园区，古朴雅致的房舍，这就是诗经里！ 举目处有"桃之夭夭，灼灼其华"的《国风·周南·桃夭》；转弯时有"琴瑟在御，莫不静好"的《国风·郑风·女曰鸡鸣》；举手间"南有嘉鱼，烝然罩罩"的《小雅·南有嘉鱼》；投足处"鸿雁于飞，肃肃其羽"的《小雅·鸿雁》……这是一条《诗经》的河流，这是一方《诗经》的圣地。

步入风雅诗颂，只听得低沉磁性的吟诵声在回荡："蒹葭苍苍，白露为霜。所谓伊人，在水一方。"吟诵者是怎样的男子？所谓伊人，又是何等的美丽？一吟三叹，将遐思留给了听者。"蒹葭萋萋，白露未晞。所谓伊人，在水之湄。"我猛然想到，今日恰为白露。白露时节觅《诗经》，沣水河畔遇伊人。一位飘然若仙的白衣女子，在蒹葭萋萋的沣河边眺望徘徊。"蒹葭采采，白露未已。所谓伊人，在水之涘。"峨冠博带的采诗官，振动木铎，吟诵着优美的《蒹葭》。

大音希声，大象无形。传唱了几千年的《诗经》，穿过历史的河流，在此时此刻，在诗经里，深深地打动了我。绿草苍苍，白雾茫茫，静静流淌的沣河，款款摇曳的芦苇，《蒹葭》诗意幽远，诗情若画。所谓伊人，可是那衣袂飘飞的白衣女子？"采采卷耳，不盈顷筐。嗟我怀人，置彼周行。"白衣女子的思念，从歌声里无限流淌；白衣女子的愁思，在诗歌中无边漫溢。我不由随着乐曲轻轻哼唱，微微摇摆。采诗官也听醉了，直到白衣女子翩然而去，才如梦方醒，疾疾追去，可哪里去寻那位伊人？只有遗落的那方诗帕，让人久久回味。采诗官急急回朝，奏禀太师谱曲传唱。千年后的今天，我在诗经里，聆听千年前的绝唱；千年后的今天，我在诗经里，捧起《诗经》，吟哦千年后的经典。

漫步在子衿路上，路旁树有形，草有态，花有色，俱是美好。花香淡淡的，远远的，让人有些微醺。着汉服的妙龄女子，撑把油纸伞，施施然站在思无邪亭旁，不知在想什么？"青青子衿，悠悠我心。"是在想念她的心上人吗？"纵我不往，子宁不来？"还是在责怪她的心上人怎么还不来？又或是思念成疾："一日不见，如三月兮。"

园中一汪碧水，是为灵沼湖。沿鱼跃路环湖而行，湖边水草依然碧绿，湖中荷叶渐变萎黄，湖畔芦苇悄悄白了头。一叶小舟横卧湖面，两只黑天鹅曲颈而歌。隐隐地有薄雾飘来，渐渐地白雾聚集升腾而起。有大鱼想要腾云驾雾，竟然跃出湖面，在湖面跃出漂亮的弧线，尾鳍一摆，大珠小珠就落了玉盘。这飘渺灵动的景致，直似仙境一般。此情此景，让我不由脱口而出："王在灵沼，於牣鱼跃。"

身旁正玩耍的小男孩闻声仰脸，扑闪着大眼睛问："姐姐，你读的什么诗？"

我低头看着小男孩懵懂的大眼睛，笑着回应他："这是《诗经·大雅·灵台》中的诗歌，意思是君王在那大池沼，满池鱼飞跃。"

"对呀，对呀，刚还有条大鱼飞起来呢！"小男孩拍着手说。

透过一排竹叶青青的翠竹，两株枝干虬劲的苍松，老舍茶馆就隐现在白雾中了。"如竹苞矣，如松茂矣"，《诗经·小雅·斯干》中描绘的松竹，当是如此情景了。信步而行，微风吹来薄雾，凉凉地湿润了我的面庞。倚靠在老舍茶馆前的亲水栏杆上，心是那样清，更是那样静。吟一首诗歌，啜一口香茗，诗歌和香茗，沁润了我的心田。转角的二层楼台上，"有美一人，清扬婉兮"。她在等待，亦在盼望，就像"静女其姝，俟我于城隅"的静女那般娴静可爱，连黄鸟都不忍心惊扰她。

满腹诗情，满眼画意。就这样邂逅沣滨水镇·诗经里，与诗意撞个满怀。

如画沣河畔，诗意诗经里。

（2019 年 8 月于长安龙首原）

香满大明宫

　　连绵秋雨，洗去夏日干燥炎热，带来秋日湿润清凉。秋雨暂歇的清晨，满城花香唤醒了我，大明宫在岁月长河中向我招手。

　　漫步大明宫国家遗址公园，脚下的青石板路在绿地中间蜿蜒，绿草水润，垂柳如瀑。泥土混着青草的芳香，经过秋雨的濯洗，越发的清新。经过一匹以螺纹钢为材质焊接的残马雕塑，周边兰草碧绿，叶片狭长；鸢尾浅绿，叶片宽展。马头正对着一棵树冠高擎的五角枫，枫树叶尚绿，还未在秋风下着色，这里是大明宫栖霞山西北方向的山脚下。六朝古都的南京也有栖霞山，是秋季赏枫的胜地。栖霞古寺坐落山脚下，寺内有明徵君碑，碑文为唐高宗李治撰文，碑阴"栖霞"二字，传为唐高宗李治亲笔所题。不知长安大明宫的栖霞山和南京的栖霞山有何关系？ 也许都和大唐王朝有关吧！

沿上坡的石板路东行，有氤氲的香气环绕，渐行渐浓，飘入鼻腔，钻入心肺，浸润到血液之中。山坡上草毯如织，绿树成林，间有桂树，香飘天外。桂花是如小黄米粒般大小的繁密小花，看似不起眼，但它的香味却是如此夺人心魄。难怪千古第一女词人李清照曾咏叹："暗淡轻黄体性柔，情疏迹远只香留。何须浅碧深红色，自是花中第一流。"

至栖霞山顶，《伏生授经图》雕塑前，黑瘦伏生低眉敛目端坐授经，白衣长者跳跃腾挪舞动长矛。一静一动，一文一武，端的有趣！ 近旁草地上的柿树，绿色的叶片中夹杂黄红叶片，昭告着秋的讯息。红红的柿子挂满枝头，压弯树枝，等待着人们采摘。长尾巴的灰喜鹊飞来了，它头戴黑色贝雷帽，身披灰蓝色披风，绕树环飞。聪明的灰喜鹊看准一颗熟透的柿子，舞动双翅悬停，展开尾翼保持平衡，伸出长长的尖尖的黑色的喙，啄食着美味香甜的红柿子。间或鸣叫几声，召唤同伴前来分享。

啄开的红柿子，立刻释放出香甜的柿香，那种香甜让人想起小时候姥姥做的柿子拌炒面，让人忍不住也想摘一颗品尝。看着将黑色的尖嘴吃成红色的灰喜鹊，我为它的贪吃会心一笑。

秋播桂花香，冬蕴蜡梅魂。想起白雪覆盖的大明宫，会让人一步穿越回长安。有一幅美妙画卷，舒展在记忆深处。白茫茫的琉璃世界，一红衣女子循香踏雪寻梅。至太液池西岸朱红色实木拱桥旁，香气愈发浓郁，几株蜡梅在白雪的映衬下开得分外精神。那样娇嫩的黄色小花朵，如蜜蜡雕成的，又像新生的小黄鸭，惹人怜爱。那清冷扑鼻的梅香，馥郁芬芳，那香味自鼻尖直抵心之深处，让人沉醉。

木栅栏内，是缥缈的太液池，白雪勾画出了太液池的轮廓，越发显出池水的幽远。北宋诗人林逋"以梅为妻"，曾写下咏梅绝叹："众芳摇落独暄妍，占尽风情向小园。疏影横斜水清浅，暗香浮动月黄昏。"银装素裹之中，疏影横斜之间，那红衣女子赏梅闻香、顾盼流连。"雪肌冷，玉容真"，是鹅黄的蜡梅？还是红梅般的红衣女子？诗情画意、如梦似幻，雪醉了，红衣女子醉了，大明宫也醉了！

冬去春来的大明宫，更是姹紫嫣红开遍，最是芬芳馥郁满园。迎春、连翘接过蜡梅的接力棒；桃花、杏花、梨花赶趟儿；樱花、玉兰、西府海棠扎堆儿……唯有牡丹真国色，花开时节动京城。自2011年第一届大明宫牡丹节始，在大明宫北玄武门遗址区，人们广植六百多个品种、十万余株牡丹。每年暮春时节，大明宫牡丹盛装怒放，吸引西安市民及海内外游客前来观赏。

牡丹花开，群芳暗淡。白居易赞美牡丹"绝代只西子，众芳惟牡丹。"如婴儿面大小的硕大花朵，擎出于绿叶之上，花瓣繁密曲折，色泽红中泛紫，此为魏紫；不远处白中透嫩黄、亭亭玉立于花叶之上的，可是姚黄？ 花圃中央，淡淡的粉绿花朵，微微绽开，应是欧碧；不远处，一片粉色云霞，花瓣薄如轻纱，定是赵粉！ "姚黄为王，魏花为后"，真是名不虚传！

诗仙李白以牡丹喻杨贵妃，曾写下"云想衣裳花想容，春风拂槛露华浓"的千古绝唱。唐敬宗时期李正封咏牡丹诗云："国色朝酣酒，天香夜染衣"，于是，"国色天香"成为牡丹的代名词。白牡丹清香雅致，粉牡丹香飘幽远，紫牡丹浓香醉人。大明宫素有"千宫之宫，万园之园"的美称，天下牡丹出长安，大唐帝都的牡丹，唐长安城大明宫遗址公园的牡丹，就是这样香气袭人、雍容华贵、仪范天下！

春花还未谢幕，大明宫太液池的荷花已散发淡淡清香，绽开清丽笑容。还未走近太液池，荷香已幽幽地笼罩了我，让人神清气爽；及至走近太液池，那满池的绿叶红荷，让人眼清目明。初夏的清晨，特别是夜雨过后，荷塘捧出珍宝，荷叶缀满珍珠，荷花穿着粉红纱裙，在风儿们的吹拂下，在池水的荡漾中，在鸟儿们的伴奏里，跳起美丽的《天鹅湖》。那荷香随着优美的水中舞蹈，不断抚慰你的身心，让人忘记时间，忘却烦恼，忘情歌唱。

站在栖霞山顶，我沉醉在桂花香里，悠悠然，飘飘然，神游天外，畅想四季。直到灰喜鹊清脆的歌声，唱醒了我。看着那只贪吃的灰喜鹊和它召唤来的同伴，它们也被桂香和柿香甜醉了。

大明宫是有香气的，是有香味的。春夏秋冬，寒来暑往，一草一木，一花一果，将她们独有的香气、香味，赋予大明宫，赋予曾经的长安，今日的西安。这里有"春风得意马蹄疾，一日看尽长安花"的喜悦；亦有"人面不知何处去，桃花依旧笑春风"的惆怅；还有"冲天香阵透长安，满城尽带黄金甲"的豪迈。

大明宫的香气、香味就是古老长安的历久弥香，更是今日西安的天香云外。香气缭绕的大明宫是西安的缩影，三季有花，四季见绿的大西安，已经美成了一座世界级大公园。南依秦岭，北邻渭水，大山大水之境，焉能不美？

徜徉在西安街头，流连在古城巷道，总是感觉眼睛看不够，鼻子闻不尽。高大常绿乔木、中高花树灌木、低矮各色花草，高低搭配，错落有致；盆景园艺、立体花墙、艺术摆花，造型各异，风姿旖旎；丹桂飘香、寒梅吐蕊、牡丹竞艳、荷韵清氛。古城西安时时处处，有景可赏，有香可闻。

这是一处有香味的国家遗址公园，这是一座有香气的历史文化名城，寻踪觅迹，循香知味，香满大明宫，香满大西安！

（2018 年 10 月于长安龙首原）

原载《三秦都市报》2018 年 11 月 4 日 A14 版

贰 长安风物

风物

秦岭麦收图

　　文友从秦岭归来，特地来看我。她不只带来了秦岭的美景，更带来了一束秦岭脚下沉甸甸的麦穗。欣赏着文友拍摄的秦岭美景，抚摸着文友采撷的饱满麦穗，我竟心痒难耐，恨不得即刻插翅飞越秦岭。看看山岭，望望溪水；割割麦子，插插秧苗。

　　那也曾是勤快的"算黄算割"鸟儿不停歌唱的麦收时节，"麦黄杏"黄中透红的麦收时刻，我和女儿来到秦岭脚下长安区的一个小村庄，体验割麦、插秧的辛劳与快乐。

　　站在金黄的麦田里，望着一望无际金灿灿的麦子，我的心既踏实又幸福。学着村民的样，我左手搂住两茬麦子，右手搭镰收割，只听"咔嚓、咔嚓"的声音充盈耳畔。女儿跟在我身后不远处，挎个小竹篮在捡拾麦穗，嘴里哼唱着甜蜜的歌谣："拾稻穗的小姑娘，赤脚走在田埂上，头上插朵野菊花，手臂上挽着小竹筐……"我割上五六镰，便将割好的麦子用几根麦穗一扎，一捆麦子就割好了。

站起身，发现和我并排收割的村嫂已快割到那边地头了，我才割到麦地中间。芒种时节的太阳，是如此炙热，麦地热气蒸腾，麦子都要烤熟了。我额头的汗雨滴一样地往下落，连眉毛都挡不住它。汗流进眼里，眼睛热辣辣地疼；流过脸庞，脸庞火烧火燎的痛。抬起胳膊，用衣袖擦一下汗，脸被汗水蜇得更痛了。

远望秦岭，青黛苍茫；近观树林，碧绿盎然；俯视麦田，金黄逼人。好一幅绝美的秦岭麦收图！

村嫂已从那边地头往回割，帮着收割我这两茬麦子。最后一镰将我脚跟前的麦子收完，她用镰刀将割好的麦子往起一拢，顺势取出一束麦穗，用膝盖压着麦子，将麦子用麦穗束捆扎结实。她捆完拍拍膝头的麦芒，理理头上的小帕子，直起了腰。"妹子，你没割过麦，累得受不了吧？"村嫂关心地问我。

"没事。小时候见乡亲们割过，看人家割得顺手得很，今天自己试活一下，没想到割麦这么费劲！"我汗颜着回答。

"来！擦擦汗，喝点米汤。"村嫂说着递给我一方小毛巾。我用小毛巾擦了擦脸上的汗，又接过她递给我的小水壶，畅畅美美地喝了几大口。

"美！ 舒坦！"我不由得大喊。村嫂看着我，也咯咯地笑起来。

不远处有几处稻田，村民们正挽着裤腿插秧苗。绿绿的稻田，弯腰劳作的人们，在稻田中戏水的孩子们，竟让我有一瞬的恍惚，仿佛来到了江南水乡。要不是身边火热的夏收场面，我还真以为自己穿越到了江南水乡呢。女儿也看到了稻田中插秧的人们和戏水的孩子们，她放下小竹篮，飞奔了过去，站在水田埂上犹豫着。一个浑身泥水的小女娃拉着女儿的手轻轻一扯，女儿就掉进了泥水里，她和其他孩子一起快活地扔起了泥巴。

村嫂看我盯着稻田出神，打趣我："城里娃没见过吧？ 咱这儿也种水稻呢！"

"是啊，头一回见。没想到咱这儿也能种水稻！"我是如此惊奇与惊喜。

"咱这儿的水稻可金贵着呢！ 听过'桂花球'没？ 那曾经是皇家贡米。你刚才喝的米汤就是'桂花球'大米熬的。"村嫂一脸的自豪。

"是吗？ 难怪米汤香得很！"我不由咂咂舌。

"算黄算割……算黄算割……"，看不到劝人快快收割的鸟儿，我却听见了它的鸣唱。

"芒种芒种，连收带种。"村嫂像在自言自语，又像是说给我听。

一边麦浪金黄，一边稻秧碧绿；一边热火朝天，一边清爽怡人。这个秦岭脚下的小村庄，也许得了秦岭山水的灵气，为人们孕育出金灿灿的小麦和白生生的水稻，将秦岭南北的物产完美地结合起来，回报世世代代守护秦岭的人们。

这一大片麦子割完后，我们将麦子装上架子车，拉回了碾麦场。大家先将收割好的麦穗铺到场上，铺成一个大大的空心圆。这时一个年轻小伙开着拖拉机拉着碌碡上场了，他开着拖拉机顺时针画着同心圆，不一会儿麦场变薄了。女人们拿着长长的木叉，把碾过的麦穗翻抖一遍，我也跟着村嫂翻场。"现在轻省多了，过去是人或骡马拉碌碡呢。"村嫂说着话，手底下的叉可没停。

翻完场，清出秸秆，扬场的人戴着草帽、光着膀子、扛着大木锨上场了。他先伸出手试了试风向和风力，人站在上风处，铲一木锨麦子，高高地抛起，麦子在下落的过程中，风带走了其中的麦壳和麦芒，光滑饱满的麦子就落了下来。

"这是我专门留的观光体验田，其他地收割机早几天都收割完了。城里的孩子大多没见过麦子，更没见过割麦、碾场、扬场、晒麦的过程，所以不知道珍惜粮食。让他们体验一回，他们就不会再浪费粮食了。"跟我一起割麦的村嫂一边说，一边用大扫帚掠麦（扫去麦堆表层的杂质）。扬场结束，天气很好，大家直接将麦子摊平晾晒。

忙活了多半天，肚子早就咕咕叫了，我们就在村嫂家的农家乐吃吃农家饭。家养土鸡、各种山野菜、搅团凉鱼、手擀面、辣子锅盔等，我和女儿吃得畅快，不由和村嫂聊了起来。

"这几年，来农家乐的人不少吧？"我看着院子里正在用餐的几桌游客，轻声问村嫂。

"近几年秦岭环境越来越好了，来的人越来越多，有旅行团，也有家庭自驾游。游客来了吃农家饭，住农家屋，体验农村生活。美得不得了！"村嫂高声回答我。

"那你的生意咋个样？"我很好奇。

"那还用说？ 你看这满院子吃饭的游客。现在对秦岭的保护力度越来越大，把秦岭还给老百姓，还给大自然。秦岭越来越美，我的日子就越来越好咧！"村嫂乐呵呵地说着。

我掰了一块锅盔放进嘴里细细咀嚼，唇齿间都是麦香味。禁不住感叹道："你这手擀面、辣子锅盔香得很！ 有麦子的味道。城里吃的面和锅盔，吃不出麦香味。"

"你算说着了！ 我今儿这手擀面、辣子锅盔，都是用今年新收割的麦子磨的面做的，能不香嘛！"村嫂很是有些骄傲地说。

秦岭脚下割麦插秧，让我对大秦岭有了新的认知。秦岭的山，给了一方百姓最大的庇护；秦岭的水，给了一方百姓最大的润泽。"妈妈，你说很多很多年以后，那时的小朋友能吃到咱现在吃的小麦大米吗？ 能看到咱现在看到的美景吗？"女儿仰着头，有些杞人忧天地问我。

我摸摸女儿的头，非常肯定地告诉她："会的！ 一定会的！ 咱中国人的饭碗里要永远盛着中国人自己种的粮食，咱中国的秦岭要成为每一个中国人的秦岭。"

（2020 年 6 月于长安龙首原）

大明宫中的《挥扇仕女图》

　　初冬的周末，有暖阳相伴，我骑共享单车畅游大明宫。我从大明宫西宫墙官门之一的九仙门入大明宫，门内健身广场上俱是矫健身影。门西有北衙禁军军营，昔日重兵把守之地，今只余残基，残基上仿建城墙及城门缺口，在冬日暖阳和高大垂柳的映衬下，越发显得古朴庄重。

　　顺西宫墙北行，远远望见一片高出地面的黄土台基，台面上荒草离离，台基的夯土层在阳光照射下越发显得苍黄。这是大福殿遗址，它是大明宫内殿址中地基保存较好、夯土层较明显的遗址。这里曾经是宫内重要的佛教寺院，又称"大佛殿"，可惜大佛还是未能保佑这"千宫之宫"免遭战乱损毁！

继续东行，有凌霄门（又称青霄门）遗址。残存的北宫墙及散水等遗迹，在玻璃钢架体的保护下静卧沉默，令人唏嘘！沿青霄门街往南骑行，行不远，东南方向一方高台格外醒目，这是三清殿遗址。高台周边翠竹尚青，草坪仍绿，广场宽广。

2007 年遗址公园还未修建前，大明宫被民居、棚户区和农田包围着。一个秋日的午后，我独自一人来到三清殿。远望高台巍然，其上覆芳草，周边围绿树。西侧有羊肠小路通顶部，我顺羊肠小路攀爬，随手可摘红艳的酸枣。至三清殿基顶部，环顾四周，曾经金碧辉煌的皇家道观，也仅余黄土地基，迎风而立，逝者如斯！

顺玄武门大街端直南行，道路会将你引到太液池北路上。沿路有很多唐朝古画题材的雕塑，格外吸引人。太液池北路的西口附近有《挥扇仕女图》雕塑，这组雕塑圆融大气，有大唐雍容气象。雕塑源于唐周昉的名画《挥扇仕女图》，既体现了画作的特点，又展现了雕塑的特长。

"执扇慵坐"的贵妇，采用圆雕手法来突出。只见贵妇头戴巨大花冠，倚椅斜坐，睡思昏昏。右手执着的小纨扇快要滑落了，她都没有察觉。近旁的宫人为她轻挥宫扇，送来阵阵凉爽。

我的目光顺着浮雕图案左移，"解囊抽琴"的精彩瞬间透过浮雕扑面而来。再往左是"对镜理妆"的人物圆雕，一年轻贵妇正对镜理妆，头顶部分发髻高耸，右侧面发髻垂下，正用纤手对镜进行梳理，体态丰腴，面容柔美。掌镜的侍女小心谨慎，神情恭谨，目光看向理妆的贵妇，好似被她的美迷住了！

"绣案做工"是色彩明艳的浮雕，描绘三位妃嫔围绣案做工的场景。背身女子正在低头缝纫，对面女子亦在持针理线，只有右侧女子斜倚绣案，以纨扇支颐，给人百无聊赖之感。

"挥扇闲憩"画面中，背身而坐的贵妇，左手撑肩，右手托扇，正扭头与倚树而立的女子交谈，好似让她去看看花绣的怎么样了。轻挥纨扇的悠闲小憩，扭头言语的颐指气使，通过雕塑画面真真切切地传来。倚树而立的女子好似不太情愿，正靠着梧桐树小憩呢。

《挥扇仕女图》为唐代著名画家周昉所绘，周昉被誉为"画女子为古今之冠"。此画现藏于北京故宫博物院，从时间上推算创作地、发生地都应在唐长安城和唐长安城中的大明宫。我此前曾去北京故宫博物院游览，很可惜没有欣赏到名画《挥扇仕女图》。现在大明宫中的《挥扇仕女图》雕塑，让我感受到这幅名画的神韵！

初冬时节，寒凉已至。我穿着心爱的白色毛茸茸短款外套，黑色平绒短裙，黑色短靴，露着大长腿，在《挥扇仕女图》雕塑前流连徘徊。我站在"执扇慵坐"的贵妇对面，静静地瞅着她，用心和她对话："美丽的唐朝女子，你很热吗？""执扇慵坐"的贵妇漫不经心地瞅了我一眼："你是哪里的女子？露着大长腿，不冷吗？"是啊，"执扇慵坐"的贵妇身处大唐盛世的夏日，有宫人为她轻挥宫扇送来清凉，她应该不热。我在21世纪的长安城里，在唐大明宫国家遗址公园与她相遇，我的心热，所以我也不冷。

贾平凹老师曾在散文《壁画》中写道："我爱唐美人。"我现在明白我为什么无数次流连大明宫，那是因为我的血液中流淌着大唐文明的血液，我的心中也深深地热爱着唐朝的美人。

（2017 年 12 月于长安龙首原）

我和华山有个约定

　　每到节假日或寒暑假，打算带孩子出去转转，征求孩子意见想去哪里，孩子总是回答去华山。

　　孩子小的时候，有次我和孩子一起翻看以前的老照片。孩子指着一张我头戴红帽子、身裹绿色军大衣、站立山顶的照片，好奇地问："妈妈，这是哪里呀？"我看了看照片，清晨的山顶，我正依靠在一棵铜枝铁干的松树上，脖子系着红色平安丝带，满脸疲惫，嘴唇冻得发青。"这是华山！五岳中最险的山！妈妈爬过华山后，觉得其他的山都不叫山，只能称作岭。"我至今仍心有余悸。

　　孩子一脸神往："妈妈，咱们去爬华山吧！""那你知道

妈妈是怎样爬华山的?"曾经夜爬华山的艰辛场景扑面而来,
"那是妈妈大学二年级的五一劳动节,和一帮同学去爬的。我
们晚上头戴顶灯,手抓铁链爬华山。山路很陡,前一个人的脚
就在后一个人的头顶上,'之'字拐的灯光在崇山峻岭间蜿
蜒,仿佛银河落在了人间! 整整爬了一晚上,赶天亮时爬到
北峰顶观看日出。山顶风很大很冷,我们租了军大衣穿着依然
冻得瑟瑟发抖。日出真的很壮观很美! 让人觉得不虚此行!
天亮下山时,才看清晚上摸黑走的山道竟是奇险无比! 两侧
均是绝壁,妈妈又累又怕,双腿又酸又疼,一手抓铁链,一手
拄登山杖,抖着酸疼的双腿挪下了山!"想起曾经夜爬华山的
不易,我不由得用手捏起了双腿,好似双腿还处在酸疼之中。

孩子听得更加来了兴致,越发想去华山了,摇着我的胳膊
撒娇:"妈妈,带我去爬华山吧! 我好想去!"我断然拒绝:
"华山太险了! 一个人一辈子爬一次足够了! 妈妈曾经发誓
再不爬华山! 这是妈妈和华山的约定!"

可是戊戌年大暑节气后的一个周六,经不住孩子三番五次
请求,我终于违背自己的约定,下决心带孩子冒酷暑登华山。

现在爬华山可不是"自古华山一条道"了,我们选择坐西
峰索道缆车,凌空飞渡千山万壑。说是千山万壑,其实华山是
由一块完整硕大的花岗岩石体构成的。《山海经》记载:"太
华之山,削成而四方,其高五千仞,其广十里。"真的很难想
象,这么连绵起伏、巨大的山体,其实是一个群峰竞秀的整
体。华山,就是这么神奇!

从华山的群峰顶飞越，就像乘坐飞机往云层之上爬升一样，心中提着一口气，不敢呼也不敢喘；遇到陡直的升降，好像失去控制的电梯让人紧张。可是索道轿箱外的奇险，又会让人情不自禁惊呼、尖叫！ 正是上午巳时，盛夏的骄阳耀眼炙热。四周刀劈斧凿般的洁白山体，在无遮无掩的烈日的照耀下，白得晃眼，也许这就是"华山晴雪"的由来。

很快到达华山西峰索道上站，我们沿登山石阶来到巨灵足，这里是西峰与南峰的岔路口。在一块巨石上，留有一方硕大的足印，据传为巨灵神"造山川，出江河"所留下的足印。前往西峰，必经一条狭长陡峭的山脊——青龙背，人们真好似攀爬在巨大青龙的背脊上。

面向西峰方向，左侧是斧劈般的绝壁，右侧是坡度陡峭的山岭。山脊两侧竖有结实的铁柱，以腕粗的铁链相连续。胆小的人屏住呼吸，紧抓铁链前行；胆大的年轻人，不抓铁链，走在中间，总让人担心他会滑跌！ 脚下的山脊有一定坡度，并不能踩平实，就像走在倾斜的平衡木上。紧窄处，上山下山的人需错身通行。华山之险，让我们刻骨铭心！

小心谨慎通过青龙背，迎面一方硕大石体，石壁满布历代石刻，顶端平坦，状如莲花，也许这就是西峰又名莲花峰的由来吧！ 行不远，有巨石悬于头侧，原来这就是大名鼎鼎的斧劈石！ 孩子听着我讲沉香"劈山救母"的美丽传说，对沉香手中的神斧产生了浓厚的兴趣。那巨大的石头，被神斧劈开，断面整齐利落，就那么悬在山顶，好像一阵风就能吹落。我拉着孩子快步通过斧劈石，总感觉巨石会从天而降！

由西峰返回去往南峰，在青龙背上，断崖侧的云雾渐渐升腾上来，远处的山峰松柏，隐入云雾中。升腾上来的雾气，弥漫到了眼前，眼睛、面庞也被雾气湿润了。断崖外的一切景致，已完全不见了踪影，白雾茫茫，仙风阵阵，人犹如腾云驾雾一般。孩子伸手去抓云雾，可云雾哪里是能抓到的。我们何其有幸？竟然不期而遇"云雾华山"的奇景！

经炼丹炉、孝子峰，云雾悄悄退隐，我们向南峰顶挺进。南峰苍翠秀丽，沿途的华山松千姿百态，引人注目。华山迎客松生长于悬崖峭壁的石缝中，向悬崖一侧伸出虬劲的枝干，就像好客的秦人伸出有力的大手欢迎远道而来的客人。虬枝龙形的枝干上，是绿意盎然的松针，根根好像要刺破天穹。华山迎客松在蓝天白云的映衬下，仿如碧玉雕琢而成，绿得耀眼，秀挺卓然！

在南峰顶，孩子看到"天下绝无沉鱼面，太华独有落雁峰"的题刻，打趣我："妈妈，你叫鸿雁，这里又叫落雁峰，真是和你有缘呢！快来这块大石头上落落脚，歇一歇！""好啊！咱俩都爬累了，都歇一歇！"我为孩子的体贴欣慰！

南峰顶有一石凹，小巧精致，内蓄浅水，池水清澈，恰如一方端砚，正待华山神挥毫泼墨！原来我们已来到仰天池！想象中的仰天池应该很大很深，没想到竟是如此小巧可人，好似华山的一滴清泪！好想掬一捧清凌凌的池水，好想尝一尝池水的清甜。华山如此珍爱他的眼泪，涝时不盈溢，旱时不枯竭，总是这么水汪汪地仰望天宇，湿润润地俯视大地。望着倒映在池水中的蓝天白云，我和孩子也融化在池水中了。

过金天宫，穿避诏崖，登南天门，来到令人胆寒的长空栈道附近。孩子一路上都在念叨要爬长空栈道，我搜肠刮肚地想阻止她的冒险念头，可惜事与愿违，越阻止，越激起了孩子的好奇心，非爬长空栈道不可！孩子拉着我的手急切地奔到长空栈道上方升表台，站在这方三面凌空、轩辕帝与群仙会聚的"聚仙台"上，才发现长空栈道因故关闭了。我长长舒了一口气，孩子却失望至极！孩子不死心，拉着我抓着铁链顺着石道，又往下走了几级石阶，直到铁链锁闭的石门入口处。我俩手抓铁链探身俯视，隐约可见绝壁上悬空的栈道。垂直的山壁上，几株华山松挺直腰杆在生长，铁链上拴的红丝带在迎风飞舞。不知是眼花了，还是心理作用，总觉得栈道在风中轻轻晃动。

深壑之外，是连绵高耸的群峰。孩子手指对面三个山头，问我那是什么山。我告诉她："你看，那三座山头上各矗立有一方长方形巨石，就似三位着长袍的长者，所以号称三公山。"三公山西北方向，有巨石酷似金龟，正在朝拜三公。三公山之东，有三凤山相陪伴。正值正午未时，三公山三凤山上空风云际会，不大一会儿工夫，乌云浓雾已压至峰顶。

我和孩子抓紧时间往东峰赶，经紫气台、二仙坎，攀爬一道石梁前往东峰山门。此时飘来小雨点，我们顾不得脚下湿滑加快了脚步。经鹞子翻身，孩子想要征服天险的念头依然强烈，一心想翻鹞子翻身，后因人多需排队等候而暂时放弃。东峰又叫朝阳峰，朝阳台是观日出的胜地。我俩左转攀爬朝阳台，雨渐渐大起来。至台顶，方举目四顾，黄豆大小的密集雨点劈头盖脸砸下。朝阳台上没有看到太阳，却遭遇暴雨，我们狼狈撤离朝阳台。

往西可去往中峰，往南可顺原路返回，因暴雨如注，只得放弃攀爬中峰。顺原路经鹞子翻身，孩子仍念念不忘："妈妈，这会儿大暴雨，肯定没人排队，咱们去翻鹞子翻身！"听了孩子"初生牛犊不畏虎"的话，我不由哈哈大笑："小傻瓜！这么大的暴雨，有谁去翻鹞子翻身呢？不要命啦？"在鹞子翻身入口处，孩子还是万般眷恋地探身查看，当看到还未来得及撤离的人员身系保险绳悬挂在峭壁上，就像风雨中掉着蛛丝的蜘蛛，被风雨袭击得无处藏身、进退两难，方才知道了害怕。

亏得我们准备充分，带有雨伞、雨衣、防雨鞋套。山顶风狂雨暴，雨伞基本没有遮蔽作用。即便穿着雨衣，脚蹬防雨鞋套，我和孩子也被浇成了"落汤鸡"。直到坐上下行缆车，我俩才将悬着的一颗心放下。轿厢外，雨幕如瀑，雨雾笼罩了整个华山。华山尊严峻极、嵯峨峥嵘的一面，被雨雾遮掩了，有了朦胧秀丽的美。

我虽然违背约定，二上华山，但是华山还是给了我惊险与惊喜，它依然那么险！那么美！让我终生难忘！华山，只有登临者，才能切身体会它的"奇、险、峻、秀"；大凡人世上的事情，只有经历了，才能体会世事的艰辛与不易。难怪伟人曾云："无限风光在险峰！"

（2018 年 12 月于长安龙首原）

原载《西安日报》2019 年 3 月 15 日副刊《西岳》

祖孙三代登太白

　　戊戌年端阳节清晨，母亲和我们早早就起床了。昨夜，母亲已将象征五方五行"青、红、白、黑、黄"的五色丝线捻好，清晨起床第一件事就是给外孙女手腕、脚腕上拴五色丝线以保安康。拴好后，母亲又让我伸出手来，给我的手腕上也拴上了五色丝线。我早已不是孩子，也已为人母，可在母亲眼里，我永远是她长不大的孩子。

　　我看着手腕上的五彩丝线，听着窗外的滴答雨声，吃着鲜美的糯米红枣粽，憧憬着太白山之行。此前曾多次计划登太白山：第一次计划登太白山，因太白山海拔太高孩子太小搁浅；第二次已到太白山脚下，因山顶较冷未带厚衣服放弃；这第三次就算下暴雨，也是一定要登的。因仲夏登高，顺阳在上，五月是仲夏，它的第一个午日正是登高顺阳好时节，所以我们陪着母亲于"端阳节"冒雨登太白。

不到两小时的车程，我们栉风沐雨来到太白山脚下。神往了许久的太白山，我们终于来了。可太白山是如此神秘，不愿轻易撩开它云遮雾绕的面纱。雨一直下，丝毫没有变小的迹象，我们穿上雨衣打着伞向太白山进发。

远处群峰环绕，状如莲瓣，中有一峰傲立，恰似花蕊，原来此峰真是莲花峰啊！远望莲花峰，峰顶雨雾迷漫，峰腰绿树苍翠，峰下清流激湍。一挂瀑布倾泻而下，犹如一匹上佳白练，吐珠溅玉般落入溪涧中。溪涧旁的峭壁上，一尊水月观音宝相庄严，脚踏莲瓣，临水而坐，似在观看水中倒影。

沿溪流上行，大雨倾盆，溪流激荡，将太白山濯洗得越发碧绿。突然溪涧对岸，高峰突兀，绝壁如劈。绝壁之上，有大片墨迹从山顶漫下，难道是"诗仙"太白醉了？倾倒了墨汁？在绝壁上绘一幅独一无二的水墨山水？不知是美酒醉了"诗仙"太白？还是美景醉了"诗仙"太白？他醉卧溪涧巨石上，"举目山水皆是景，诗到多时苦难吟；抛笔飞砚入云端，留下千古泼墨痕。"

吟诵着"太白与我语，为我开天关。愿乘泠风去，直出浮云间"，我们乘索道直达"天圆地方"。"天圆地方"是仅次于拔仙台的次高点，海拔3511米。山顶雨大风狂，吹得人站不稳脚跟。四周的一切都隐在雨雾中，人便有了腾云驾雾般的感觉。站在山巅的乱石中，体会着"一脚踩南北，一水流两域"的超级自豪感。

秦岭——中国的中央公园，中国的父亲山；太白山——秦岭最高峰，南北分界岭。我不但来了，而且是在端阳节顶风冒雨地来了，并且带着老妈妈和小孩子来了。

一路上都在担心老人和小孩的身体状况，毕竟太白山太高了，太险了，又是持续大雨天。老妈妈不见了以往的腰酸腿疼，腿脚硬朗地走在我们前面；小孩子也没了惯常的娇弱，像个大人一样搀扶着姥姥。一老一少从"天圆地方"的东头走到西头，又从西头走到东头，看看北边，望望南方，好像永远看不够。

在这"去天三百尺"的地方，突然听到清脆的鸟鸣。那鸣叫似乎在呼唤我们，我们忙寻声去找。

"妈妈，你看，唱歌的鸟在那里！"孩子用她的小手指着远处。

我们顺着孩子所指的方向看去。在最东头的悬崖绝壁顶部，有勇敢者用石块堆起一座小小的佛像，那只叫声清脆的鸟儿端端地站立其上，唱起婉转动听的歌谣。母亲一看到那只灰黑色的小鸟，眼泪就流了下来。她喃喃自语着："你爸跟咱一起来太白山了！他也来了！"

母亲把那只小鸟看成是父亲的化身，我也宁愿相信母亲说的，相信不久前去世的父亲，和我们一起登上太白之巅。登太白是父母长久以来的心愿，现在心愿终于了了。我左手搂住母亲的肩，右手牵着女儿的手，站在"天圆地方"，世界就在我们脚下，艰难困苦和痛苦悲伤也被我们踩在脚下。

望着北坡上乱石阵中，迎着狂风暴雨依然顽强开出淡紫色花朵的头花杜鹃，它是如此坚强勇敢、傲然挺立！在高海拔高寒之巅，迎着风，冒着雨，爬着冰，卧着雪，将根深深扎入乱石之中，将花枝叶努力挤出乱石之上，将历经风雨后的美丽如彩虹般绚丽绽放。

我不由搂紧母亲，牵紧女儿，我们祖孙三代女人就这样挺立在太白之上。狂风推拉着我们的身躯，暴雨扑打着我们的面庞，我们就这样顶风冒雨挺立着。我想告诉母亲和女儿：这世界还有什么越不过的沟？还有什么迈不过的坎？还有什么战胜不了的艰难困苦？还有什么走不出的痛苦悲伤？

人常说：女人如花，花似女人。这秦岭高峰的太白头花杜鹃，不就是我们祖孙三代女人的写照吗？

(2018 年 7 月于长安龙首原)

原载《中国青年作家报》2019 年 6 月 25 日 6 版

秦岭最秀是翠华

　　对翠华山最深的印象，始于我上初中时。有次哥哥学校组织春游，去了翠华山。从此家里多了一张照片，是哥哥泛舟翠华山天池的照片。照片中群山翠微，天池碧透，一位英俊少年身穿雪白衬衫、藏蓝色校服，坐在小船中持桨划水，对着镜头腼腆地微笑。

　　翠华山就以这样秀美的姿态，映入小小少女的眼眸，小小少女对翠华山的相思从此就种下了。总觉得翠华山就在身边，总觉得随时都有时间去。可直到我的女儿上小学了，我才解了对翠华山的相思。

　　那是一个麦收时节，我和女儿大清早去登翠华山。凉爽的山风，吹拂我们躁动的身心；清脆的鸟鸣，唤醒我们内心沉睡的小兽；叮咚的溪流，撩拨我们寂静的心弦。这么久的等待，这么长的相思，初次谋面的翠华山，给了我非常美妙的感觉。

翠华山真真当得起这个"翠"字！放眼四野，满目皆翠，满眼皆绿。山是石头山，嶙峋的怪石上长满大大小小的绿树和花草。苍松枝干虬劲，国槐身姿挺拔，杜鹃枝叶婆娑；秦岭铁线莲向蓝天绽开洁白的笑颜，秦岭耧斗菜穿着紫黄相间的喇叭裙，五味子挂着圆圆的外绿内红的小荷包……就这样一路走一路看，怎么也看不够！

翠华山素有"中国地质地貌博物馆"的美称！登山的过程，简直就是在山崩奇观中穿行。奇形怪状的巨石仿佛从天而降，人一下子就走入了迷宫似的巨石阵中。有的两块巨石挤在一起，下方仅容一人通过；有的像被刀劈斧砍般断为两块，断裂面光滑整齐；有的巨石大小不一，层叠错落，形成很多孔洞……巨石们挨着头，擦着肩，摩着耳，总想让人一探究竟！

进入风洞，只觉凉风袭人，一扫洞外的潮湿闷热。我留心观察，原来风洞是由两块巨大的砾石支撑形成的狭长缝隙，阳光照不进来，自然就凉爽了。风通过狭长的缝隙，速度变快了，凉风嗖嗖，穿耳钻衣。风洞确是个奇妙的所在！

冰洞里真的有冰吗？带着这样的疑问，我和女儿迫不及待地钻入了冰洞。外洞寒气侵人，我不由打了个喷嚏，有点流清涕的感觉。我忙将女儿拥入怀中，用我的体温为她驱散寒意。顺着山石台阶逐渐深入，进入内洞，胳膊上竟起了一层鸡皮疙瘩。我不敢再硬扛了，赶紧将背包中的外套取出，给女儿和我穿上，两人才稍微有些暖意。石头缝隙处，闪着一片雪亮的光，用手摸摸，冰凉透骨。原来冰洞真的有冰啊！

翠华山是秦岭终南山的精华所在，以"终南独秀"著称！山苍翠欲滴，水澄澈如镜。我坐在天池边的大石头上，面对着一汪碧水，四面青山，恍如置身仙境一般。从前那个少年，已被岁月改变了容颜；从前那个少女，还怀抱着当时的初心。刻在脑海中的画面啊，没有一丝丝改变。小小少女曾经幻想有朝一日，穿上洁白的连衣裙，坐在小船上，也拍一张如梦如幻的照片。

当我真正面对翠华山的时候，她的秀美如此强烈地震撼了我，让我不敢轻举，更不敢妄动。可我又实在忍不住想亲近她，请原谅我！我想你想得太久了——我魂牵梦绕的翠华山。伸手掬一捧天池的圣水，滋润一下渴望润泽的面庞；摸一摸足畔不知名的野花野草，抚触一下向往田园的心灵。就想在天池边静静地坐着，望望青山，看看绿水，听听鸟鸣，闻闻花香。

秦岭在我面前展开一幅画卷，最秀美的翠华山就环绕在我四周。他先用翠绿色描画了天池，后用深绿色涂抹了山峦，再用青绿色勾勒远山。这还不够，他在青绿之上，用青蓝晕染天空，将留白留给云彩。那高天上的小黑点，会是一只雁吗？我想一定是吧！那成仙的"太乙真人"，面对这样的仙境，也是久久不愿离去。举目西望，一峰面对群山，昂然矗立，这不就是传说中的"太乙真人"吗?

秦岭,如同一位巨人,横卧在中华大地中央。他头枕昆仑,脚踏江淮,左手牵黄河,右手挽长江,气吞山河,心纳天地。秦岭,恰似一条巨龙,飞腾在中华大地中央。他西出昆仑,东归江淮,左手播风雪,右手布云雨,春分登天,秋分潜渊。

秦岭,我心中的大秦岭! 面对你的时候,我只觉自己言语苍白。来吧,朋友! 看看大秦岭,看看大秦岭最秀美的翠华山,看看中国人的中央公园,看看每一个中国人的大秦岭!

(2020 年 6 月于长安龙首原)

原载《羊城晚报》2021 年 3 月 16 日

从长安到蓉城

2017年12月6日上午8时22分，随着一声长鸣，首趟西安至成都的动车组列车D4251次从西安北站开出。这趟冠名为"汉中·佛坪熊猫号"的高铁列车，满载着长安（西安）人民的热情与期盼，穿越大秦岭，驶向"天府之国"蓉城（成都）。

自古蜀道难！"诗仙"李白曾浩叹："噫吁嚱，危乎高哉！蜀道之难，难于上青天！"这首诗写于唐玄宗天宝元年（742），李白第一次到长安。诗人以变化莫测的笔法，淋漓尽致地刻画了蜀道之难，艺术地展现了古老蜀道逶迤、峥嵘、高峻、崎岖的面貌，描绘出一幅色彩绚丽的秦巴山水画卷！

蜀道之难我是有切身体会的。丁酉年春节大年初一清晨，我们自驾前往成都，过一个与众不同的春节假期。

天还未亮，我们已出发行驶在西汉高速上。过涝峪口，就进入了秦岭山区。长安无雨亦无雪，进入秦岭山区却大不一样。高速公路在崇山峻岭间延伸，四周黑黢黢的，只有车灯的光束一路随行。在发黄的光束中，可以看到斜飞的雨丝，后渐变为飞舞的雪粒，雾气也越来越重。车速已减慢，车辆所有灯光全部打开，我们驾车小心翼翼行驶在大秦岭中。遇到急转弯，在降低车速的情况下，车轮都在打滑。车上的人大气不敢出，手紧抓着扶手，眼睛紧盯着前方，心里祈祷着雨雪赶快停。

"蜀道难"以前只是概念中的，这次却是有了切身体会。在没有省道、国道、高速公路的情况下，古代劳动人民若要从长安到蓉城，需先经傥骆古道到汉中，再经金牛道才能到达蓉城。1981 年作家贾平凹乘坐宝成线电气化列车入川，也需两天一夜的时间，蜀道之难令他不由想到"那太白骑一头瘦驴，携一卷诗书，冷冷清清，怎一个愁字了得"。其实"诗仙"李白正是长途跋涉过金牛道，有感于蜀道之难，才写下了不朽诗篇《蜀道难》！

心里想着"尔来四万八千岁，不与秦塞通人烟。西当太白有鸟道，可以横绝峨眉巅"，我们越发对前路小心谨慎起来。所幸雨雪已停，道路湿滑有所改善；天也渐渐亮了，视线相对清楚一些。

　　过剑门关服务区，朝车辆行进方向的左前方观望，远远可望见"断崖峭壁，峰峦似剑"的山体，我想那应该就是剑门关了。李太白的诗句又萦绕耳畔："剑阁峥嵘而崔嵬，一夫当关，万夫莫开。"曾经金牛道上的"剑门天下险"，如今已好走多了。

　　从长安到蓉城，全程高速的情况下，自驾也用了十个多小时。想想古代，不知需要多少天？

　　顾不得车马劳顿，晚间即去了宽窄巷。吃火锅、逛小店，在春节如潮的人流中，感受蓉城别样的魅力。随后几天，我们在蓉城及其周边美美地逛，香香地吃，美景养眼，美食养身。

　　在大熊猫繁育基地，我们近距离观赏憨态可掬的国宝大熊猫；拜谒久负盛名的诸葛亮、刘备及蜀汉英雄纪念地——武侯祠；夜游锦里，观璀璨新春灯展，品地道蓉城美食；在三江汇流处礼拜乐山大佛，祈福求愿；"拜水都江堰"，感受古代劳动人民的聪明才智。

　　穿过都江堰南桥，桥下一江碧水，桥上一世红尘，风流总被雨打风吹去。可为人民实实在在做了事的人，会被人民永远铭记！

　　初四下午，离开都江堰，为避免春节返程高峰的拥堵，我们提前踏上了回家的旅途。车到绵阳，暂住一晚进行休整。初五晨，在氤氲的雾气中，我们离开绵阳返长安。

　　一路天色越发阴沉，雾越来越浓，大秦岭被雾笼罩了。小雪粒落下，渐渐变成雪花飞舞，山头戴上了白绒帽，林木披上了白纱，好一幅风雪大秦岭的壮美画卷！

行路越发艰险，雪天路滑，车辆都小心翼翼地低速行驶。即便如此，沿途不时可见多起交通事故。车辆由低速到龟速，直至彻底拥堵停驶。群峰夹峙中的高速公路，已变成停车场，刹车灯连成红色长龙，警示灯在雪雾中闪烁。车内温度逐渐下降，可发动机又不能长时间怠速运行，谁也不知道路什么时候能通？会不会在秦岭过夜？车辆燃油是否能坚持到下一个加油站点？每个人心里满是恐惧和担忧！

在这样的焦虑不安中，拥堵两个多小时后，右侧车道开始慢慢蠕动，过了交通事故堵点，拥堵才有所缓解。我们一行在深夜23时左右，终于平安回到长安城。平时从汉中到长安也就四个多小时，雪天竟然用了将近十小时，而且是在高速路上行驶。由此可以想见古人要翻巴山越秦岭，来到长安，该是何等不易！

现在好了，西成高铁开通了。首发车"熊猫号"运行4小时31分，于12时53分准点到达成都东站，"蜀道从此不再难"！长安的"愣娃"坐上动车去蓉城拜武侯祠涮火锅，蓉城的"妹娃"来长安逛大雁塔咥泡馍，曾经的天堑变通途！

与此同时，蓉城到长安的动车也准点到达，长安人民张开双臂欢迎蓉城人民！在长安，可以漫步明城墙，感悟历史的厚重沧桑；登临大雁塔，体会"雁塔题名"的无上荣光；畅游大明宫、芙蓉园，感受大唐气象；伫立未央宫，怀想曾经的辉煌；泛舟汉城湖，激发大汉情怀；参观兵马俑，遥想大秦雄风。赏过美景，当然少不了去回民风情街品尝地道陕西美食：牛羊肉泡馍、腊牛羊肉、小酥肉、红柳烤肉、甑糕镜糕、麻酱凉皮等，定会让您"乐不思蜀"！

西成高铁于2012年10月27日投入建设，历时五年，于2017年12月6日正式通车。西成高铁是我国首条穿越秦岭的山区高铁，也是我国中长期铁路网规划八纵八横高铁网的重要组成部分。它的建成大大缩短了西北与西南地区的时空距离，将长安与蓉城紧密相连。

改革开放以来，我们国家在高铁、公路、桥梁、港口、机场等基础设施建设上快速推进；"一带一路"建设成效显著；"天宫"在宇、"蛟龙"入海、大飞机翱翔……人民日益感受到社会发展带来的便捷和幸福。

现在，从长安到蓉城，两地人民欢呼："噫吁嚱，平乎快哉！ 蜀道之易，易于走平川！"

（2018年1月于长安龙首原）

原载《西安日报》2018年12月24日副刊《西岳》

叁 长安人物

人物

夜读张载寄女儿

夜空朗月高悬，窗外凌霄飘香。夜渐渐深了，长安城也入眠了。再深的夜，也有不眠的灯。我静坐窗前，品茗读书。扭头看看女儿，抱着她心爱的"小丸熊"睡得正香。夜如此静谧，心如此安详，不由让人想起关学大儒张载的名言："夜眠人静后，早起鸟啼先"。

第一次看到这句话，是在宝鸡眉县的张载祠。那一年秋天，我前往太白山脚下的张载祠，拜谒大儒张载。路边一处古朴的院落，门前两株古柏，一方巨石。门楣上书"张载祠"，古柏有森然气象，巨石上刻狂草"动非自外"。

张载祠的前身是崇寿院，张载年少时在此读书。经过历代修葺，形成现在前书院后祠堂的格局。入得门内，一草一木，无不体现着张载的言行；一庭一院，无不彰显着张载的思想。我在祠内静静地看，默默地读，就好像张载引领着我前行。几株芭蕉撑着阔大的叶片，在秋阳中舒展新枝；张载手植古柏历经千载依然虬劲，有飞龙在天之势。大殿正门两侧有一副醒目的对联："夜眠人静后，早起鸟啼先"，这是张载对自己的要求，亦是对学子的勉励。

张载不是只读圣贤书的张载，他是"风声雨声读书声，声声入耳；家事国事天下事，事事关心"的张载。张载二十一岁时，西夏入侵，他向时任陕西经略安抚副使的范仲淹上书《边议九条》，打算组织民团夺回失地。范仲淹倾听了张载的陈述，觉得他更应该去做儒生，成就一番大业。张载听从范仲淹的劝告，回家刻苦攻读儒家经典，又拜访很多佛教和道教的高僧大德，不断思考和参悟。为勉励自己立志求学，二十五岁的张载在书房两侧撰联："夜眠人静后，早起鸟啼先"。

睡得比别人晚，起得比鸟儿还早。在张载五十八岁的有限生命中，他一直都是这样做的。每夜比别人多思考几个问题，每晨比别人多读几本书。日复一日，年复一年，勤奋刻苦的付出，终于换来了丰硕的成果：《正蒙》《经学理窟》《易说》等著作相继问世，理学支脉——关学的创始，"动非自外"辩证思想的创立，就是在这样的日日夜夜中完成的。

张载设横渠书院讲学，对学子们也是这样勉励的，勉励他们晚睡早起，刻苦用功。现在的我，也是"夜眠人静后，早起鸟啼先"。当然我是万万不敢和张载这样的先贤大儒比的，只是向张载学习，向张载看齐。一个人但凡了解张载的生平及学问后，总是会生发出向上的动力。

期末考试前一段时间，女儿学习上有懒惰松懈情绪，总想抽空看看电视追追剧，刷个微信聊个 QQ，看的人真是又恼火又着急。怎么办呢？单纯说教没有任何作用，只会增加女儿的逆反心理。想起去张载祠带回来的图片和资料，就说给她看一些好看的图片。女儿一张张翻看着张载祠的图片，不时问着她感兴趣的问题。芭蕉树下的《芭蕉诗》有新意；"夜眠人静后，早起鸟啼先"的对联让女儿明白学习要只争朝夕；"横渠四句"让张载的形象在女儿心目中树立起来。看完图片和资料，女儿起身关了电视，去自己的书房学习了。

女儿收心后，不再追剧，也很少刷微信聊 QQ，将心思和精力用在了学习上。一次语文老师布置了一篇作文题目，要求学生们写写颜色。女儿通过细心观察，以《耀眼的火炬，他们心中的五彩斑斓》为题，描写了西安龙首原地铁站口的残疾人卖唱夫妇，写出了残疾人心中的色彩和自强不息的精神。此文发表在陕西一家省级报刊上，引发老师和同学们的关注。

后来和女儿说起张载，说到"夜眠人静后，早起鸟啼先"，还说到名震天下的横渠四句"为天地立心，为生民立命，为往圣继绝学，为万世开太平"。女儿很感慨："这么有学问的人都这么勤奋，那我更要加把劲呀！"我适时地鼓励她："真正有大学问的人，都是勤奋刻苦出来的；即便有天赋的人，也需要晚睡早起地学习，这样才能领先于别人。"

　　夜很深很静，静得让我想起"夜眠人静后"，希望明日依然"早起鸟啼先"。

（2019 年大暑于长安龙首原）

原载《西安日报》2019 年 9 月 9 日副刊《西岳》

因为柳青，爱上神禾原

甲辰龙年清明时节，我再次来到长安城南神禾原畔的皇甫村，拜谒人民作家柳青。

天阴沉沉的，空气中有雨丝的气息，却未见雨丝。将雨未雨的清明时节，阴沉湿润是常态，就像人的心情。七年了，一名利用业余时间写作的写作者，来向给过她启发的作家柳青献上洁白的菊花。

癸卯年，我的长篇青春成长励志小说《青春悄悄来》出版发行。为了写出中学生认可的中学生形象，我经常下班后，在中学校园附近的小店里，点杯饮品，坐在临街靠窗的位置，然后注意观察路过的中学生。上下班时我尽量不开车，选择乘坐公交或地铁，用心观察公交或地铁上中学生的动作、表情和神态，倾听他们的语言。就这样，在我的心里"站"起来了一群青春阳光的中学生。

深入生活，观察生活，是作家柳青给我的深刻启发。假如我在业余文学创作的道路上有所进步、有所成长，正是作家柳青深入生活、潜心创作的经历，让我受益匪浅。

想起丁酉年荷花盛开的初夏，我从长安城一路南行，直到神禾原。驻足神禾原畔，原畔的酸枣叶正绿，花正黄，淡香悠悠。远望原下的滈河水，近瞅原畔的皇甫村，我仿佛看到一个身穿黑背搭子的老农，正圪蹴在原畔，深情地望着原下的土地，陷入深深的思考之中。

目光一直向南远眺，会被连绵的青山阻挡，那就是巍巍大秦岭之终南山。想起曾经读到的一段话："春雨唰唰地下着。透过外面淌着雨水的玻璃车窗，看见秦岭西部太白山的远峰、松坡，渭河上游的平原、竹林、乡村和市镇，百里烟波，都笼罩在白茫茫的春雨中。"这是作家柳青《创业史》中的句子。秦岭的巍峨，渭河平原的广袤，都在作家深情的眼睛里，亦在作家多情的笔尖下。

经常圪蹴在原畔的老农，正是作家柳青。柳青曾在国家级媒体从事编辑工作，后为创作，来到长安城南的皇甫村，住在稍加修葺的中宫寺内，一住就是十四年。为写作《创业史》，他和周边的村民天天生活在一起，劳动在一起，所以他笔下的梁生宝、梁三老汉，才会那么栩栩如生、接地气。关于写作和生活的关系，柳青写道："要想写作，就先生活。要想塑造英雄，就先塑造自己。"写作来源于生活，英雄来自民间。

原畔的围墙里，作家柳青长眠在那里。一堆不大的土冢，一方不高的墓碑，和他生前一样，简朴到不能再简朴。整个墓园也就是个农家小院大小，青砖铺地，四围植绿。我轻轻地、悄悄地走近他，在他的墓前献上一束野花。这些野花都是他熟悉和喜欢的：路边的雏菊，田里的向日葵，还有池塘里的白荷，配上芦苇和兰草，带着泥土的气息，沾着滈河的清波，来陪伴他。

夏日的午后，阳光有些晃眼，寂静的墓园，松柏森森。偶有文学爱好者和作家前来凭吊柳青，他们和我一样，庄重地在墓前献花鞠躬，再绕到墓碑后看看生平简介，感慨着一位英年早逝的作家，一位辛勤的文字工作者。上苍给他的时间太少了，少到《创业史》的宏大写作计划只完成了前两部，后面的两部永远成为柳青和读者心中的遗憾了。

墓冢后面的青松，高大翠绿，精气神十足。在夏日骄阳的照射下，也不见丝毫萎靡，反倒给墓园投下一片绿荫。幽幽南山，汤汤滈水，莽莽神禾原，小小皇甫村，似乎都在这片绿荫里。春风夏雨秋霜冬雪也曾频繁光顾这些青松，因了风雨的洗礼，霜雪的严逼，青松越发高大挺拔。在这些青松身上，我仿佛看到一个精神矍铄的老人，远望南山，傲然挺立，"如松茂也"！

作家柳青陕西老农的形象太深入人心了，以至于很多人都不了解柳青曾经也很洋气，也很时尚。柳青懂外语，而且不止懂一门外语。他能阅读英文原著，也会俄语，曾随中国作家代表团赴前苏联访问。他曾在繁华的首都北京工作，参与创办《中国青年报》，曾任编委和副刊主编。这时的柳青，已是全国很有名气的作家了，风华正茂，文学创作和事业都处在上升期。为了文学创作，他却主动来到陕西省长安县的皇甫村扎根落户，进行长篇小说《创业史》等文学作品的创作。

扎根基层，深入生活，为作家柳青提供了鲜活的创作素材。听村里老人讲，农闲时柳青经常叼个烟锅，和村民圪蹴在墙根或大树下，听村民讲民间传说或故事，自己则给村民讲耕畜饲养知识。柳青曾说："在生活里，学徒可能变成大师，离开了生活，大师也可能变成匠人。"清晨或傍晚无人时分，柳青一个人圪蹴在原畔，构思小说的情节，思考小说的内容和意义。历经六年的打磨，《创业史》终于和读者见面了。经过时间和生活打磨的作品，也是经得住读者考验的作品。

我久久伫立在神禾原畔，神话传说中的仙鹤衔麦穗是如此美好，曾经长出巨大谷穗的仙原是如此神奇。作家柳青在这样神奇的土原上，创作出在现代文学史上占据重要地位的《创业史》，也是一种传奇。

（2019 年 8 月于长安龙首原）

原载《中国青年报》2024 年 4 月 19 日 3 版

王蒙来到诗经里

　　有这样一位睿智老人，有这样一位博学长者，有这样一位文学大家，他把自己的大半生都奉献给了文字，奉献给了文学，奉献给了中国的文化事业。从青春少年到名宿长者，从繁华京城到辽阔边疆，从高楼大厦到田间地头，他始终保持激情状态，保持青春心态，保持持久旺盛的创作力。他青年时代书写《青春万岁》《组织部来了个年轻人》，中年时代撰写《蝴蝶》《活动变人形》，老年时代大写《这边风景》《生死恋》。他就是人民敬爱的著名作家王蒙！

　　己亥年白露这天，王蒙老师来到沣滨水镇·诗经里，给陕西的文学爱好者和作家们授课。一大早走进诗经里，我顾不上欣赏诗经里的美景，只顾脚步匆匆地赶往授课现场——老舍茶馆。即便我到得较早，授课现场也已坐得满满当当。来的稍晚点的作者和文学爱好者，只好站在过道里。不大一会儿工夫，只听得入口处沸腾起来，问好声、掌声响成一片。

王蒙老师健步走入会场，精神矍铄地登上讲台，声音洪亮地开始授课。大红色的背景墙和朱红色的书案，越发衬托了老师的银发。虽已高龄，但老师依然站如松、坐如钟，让现场的一些年长作者非常羡慕。老师熟练地操作着笔记本电脑，播放着多媒体课件。由此可见老师接受新鲜事物很快，很时尚、很新潮。他一辈子都在持之以恒地学习，在不断更新知识，在不断思考人生。

在当天的授课中，王蒙老师主讲《传统文化与中国特色社会主义文化》。对于八十五岁高龄的老师来说，这堂课由他来讲，再合适不过了。老师首先讲述中国传统文化的意义，讲到中国传统文化的积极性、此岸性、经世致用性，老师引经据典、由古及今，让听众听得很过瘾。讲到中华"三尚"，王蒙老师很是激动。他说中华民族"尚善尚德""尚同尚一""尚化尚通"的优秀传统，历经千百年依然值得我们学习与思考。

在最后的互动环节，有听众给王蒙老师赠送了他自己题写的扇子，上书"青春万岁"几个大字。题字内容即是老师的代表作品名，又是对老师的一种深切祝福。有听众敬佩地说："听王蒙先生授课，就想到李白的一句诗：'高山安可仰，徒此揖清芬'！"由此可见广大的人民，特别是文学爱好者和作家们对王蒙老师的尊敬与爱戴!

我有个强烈的心愿,想请王蒙老师为我手里拿着的他的著作《活动变人形》签个名。从授课开始,我的眼睛一直追随着老师。授课结束后,老师即将坐着园区电瓶车离开之际,我递上了书和笔。王蒙老师看着我诚挚的眼神,听着我热切的话语,没有丝毫犹豫地接过书和笔,潇洒地签下了"王蒙"两个大字。抱着老师签名的著作,望着老师远去的背影,还有那飘扬在风中的银发,我的眼角湿润了。

在白露节气里,在《诗经》的发源地之一,在诗意醉人的诗经里,人们迎来了一位创作之树常青的著名作家,迎来了一位学问渊博的国学大家,迎来了一位广大人民喜爱尊敬的艺术家。在《诗经》的河流,《诗经》的圣地,王蒙老师给喜爱他的人们,讲述了一堂传统文化和中国特色文化的大课,让人永生难忘。

想起上大学时,我曾在学校图书馆读过《青春万岁》。虽说这本书写的是 20 世纪 50 年代的高中生活,距离我比较遥远,但还是让我感受到青春的无穷力量,激荡起拼搏的巨大勇气。这本书从诞生之日起,就鼓舞了一代又一代的年轻人。读读书中的句子吧,你会体会到青春的力量:"所有的日子,所有的日子都来吧,让我编织你们,用青春的金线,和幸福的璎珞,编织你们……只要明天还在,我就不会悲哀,冬雪会悄悄融化,春雷定将滚滚来。"

第九届茅盾文学奖颁奖后不久,有一次我去图书馆看书,当看到王蒙老师的长篇小说《这边风景》，就不忍放下了，这本书将新疆各民族人民的生活写活了。我的童年在新疆度过，《这边风景》读起来是那样亲切，就像在听小说的主人公伊力哈穆讲故事一样。"一句话，哪里也比不上我们小小的伊犁，如果说祖国的边疆是一个金子的指环，那么，我们的伊犁便是镶在指环上的一颗绿宝石！"听听，这是多么充满激情与爱意的话语！ 多么让人自豪与骄傲的话语！

王蒙老师一直对生活饱含激情，坚持笔耕不辍，堪称文坛老黄牛。老师从1953年创作《青春万岁》至今，已出版过四十五卷文集，创作过一千八百万字作品，被翻译为二十多种文字，流行于世界各地。一千八百万字是个什么概念？ 真是要写一辈子啊！ 老师曾说："每天都可以学到一些新的东西，总有你不知道的。所以说生命不止，学习不止，成长不止。"因了这种生生不息的精神，快八十岁时，王蒙老师创作了长篇小说《这边风景》，并在2015年荣获第九届茅盾文学奖。获奖这一年，老师已八十一岁。2019年9月《青春万岁》入选"新中国70年70部长篇小说典藏"丛书。2019年9月17日，王蒙老师被授予"人民艺术家"荣誉称号，这是国家对他长久以来辛勤笔耕的重大褒奖。

白露这天，王蒙老师来到诗经里，给陕西的文学爱好者和文学青年讲授了一堂传统文化和现代文化的大课。王蒙老师播下一粒文化的种子，有朝一日，这粒种子会生根发芽，长成枝繁叶茂的大树。王蒙老师犹如夜空中一颗璀璨明星，尽最大力量散发着自己的光和热。这些光和热也会影响夜空中的其他小星星，让他们散发出属于自己的光和热。每一颗星星都散发光和热，文学的星空定会群星闪耀。

白露这天，王蒙老师来到诗经里，讲传统文化，讲孔子，讲《诗经》，这是怎样的巧合呀！我默默吟诵着"蒹葭苍苍，白露为霜。所谓伊人，在水一方"。我招一招手，作别王蒙老师，作别诗经里，继续追寻我那在水一方的伊人——我的文学梦！

（2019 年 9 月于长安龙首原）

一棵大槐树

秋日的午后，阳光暖暖地照在延川大地上，凉爽的风抚过延川镇郭家沟的小山梁，蜿蜒的小河从沟底缓缓流过。河边绿柳依依，河岸盛开五颜六色的格桑花和金盏菊，山梁上错落有致地排列着陕北特有的窑洞。一群白鹅傲然地站立在过河的石条上，或两两为伴，或三五成群，悠闲地晒着秋日的暖阳。

我可没有白鹅那般悠闲，心情迫切地沿河岸东侧小路向沟里奔去。行不远，路的左手边竖立着一块斑驳的青石，上刻"路遥故居"。据悉"路遥"二字是路遥曾经的手书，难怪如此潇洒飘逸！ 是啊，著有《人生》《平凡的世界》的路遥，催促着我的脚步，鼓舞着我的身心。来到路遥曾经生活居住过的地方，我的心跳都加快了几分。

沿着青石板小路的"之"字拐坡坡，来到路遥故居前。高大的路遥雕塑默默伫立着，是他惯常的姿势：右手插在裤兜中，左手夹着香烟端在胸前，目光凝视远处的溪流和山梁，表情凝重，似在思考人生。我满怀虔诚地站在雕塑旁边，手抚雕塑合了张影，希望从路遥身上获取拼搏的动力和灵感的源泉。

路遥曾深情地写道："我尽管出生在清涧县，实际上是在延川长大的，在延川成长起来的。所以对延川的感情最深，在我的意识中，延川就是故乡，就是故土。"路遥7岁时，从清涧的父母家过继给延川的大伯家，在延川生活学习17年。无论是父母家还是养父母家，家境都比较贫寒，路遥从小生活备受艰辛。可他不畏贫寒，不惧艰辛，在贫瘠的土地上开出绚丽的花朵。

路遥故居分为展览区和生活区。展览区主要陈设与路遥有关的著作、书信、名人题字、影像资料等。展览区窑洞的外墙上，展示着"茅盾文学奖"历届获奖作品，路遥《平凡的世界》位列1991年第三届茅盾文学奖之列。茅盾文学奖是中国长篇小说的最高奖项之一，《平凡的世界》不只获得茅奖评委的青睐，更赢得广大读者的喜爱，具有长久的艺术生命力。

在路遥故居的生活区，仅有两孔破旧的窑洞，里面摆放着简单的生活用具，炕上被褥陈旧单薄。就是在这样艰苦的环境下，路遥自强不息、刻苦努力，进入延安大学中文系学习。他以常人难以想象的毅力，扎根基层体验生活，夜以继日地创

作，呕心沥血地写出了《人生》《平凡的世界》等著作，这些
著作就是他个人生活学习工作的真实写照。"无怪文章惊天
下，原来才子出寒门。"

在生活区的外墙旁，生长着一棵枝繁叶茂的大槐树。这棵
大槐树也有几十年的树龄了，树干粗壮，需二人合抱。距地面
一人高处，分出近十支粗大的枝干，枝干向四围伸展，扇形的
巨大树冠覆盖着路遥故居的小院。阳光透过枝叶间隙，斑驳地
洒落下来，落在树下的石碾和石磨上。大槐树下小草茂盛，金
盏菊怒放。轻推石碾，好像看到年轻的路遥在帮养父母碾小黄
米；轻抚石磨，仿佛听到路遥正在给乡亲们讲述《人生》。

大槐树，将根深深扎入陕北高原的黄土之中，汲取养分；
枝叶努力伸展在蓝天之下，给人们带来浓荫。路遥多像这棵枝
干苍劲、枝叶繁茂的大槐树啊！ 他远离喧嚣，扎根基层，在
陕北甘泉县招待所里，拼了二十一个昼夜，每天伏案写作十八
个小时，春蚕吐丝般织出十三万字的《人生》。他下煤矿体验
生活，和煤矿工人同吃同住同劳动，经历三年准备，六年没日
没夜地写作，辛勤与汗水终于凝结成了不平凡的《平凡的
世界》。

《人生》《平凡的世界》，给浮躁的社会带来清凉，给迷
茫的青年指明了方向，鼓舞激励着人们不甘平凡，勇往直前。
路遥的作品，让人们坚信：《平凡的世界》里，会有不平凡的
《人生》。站在路遥故居的大槐树下，我听到了路遥心底的呐
喊：像牛一样劳动，像土地一样奉献。

路遥将他短暂的一生，全部奉献给了文学创作事业。他带着宗教般的虔诚，夸父般的勇敢，愚公般的执着，将他的追求、他的思想、他的精神，汇注在他的笔尖下，浓缩在他的文字里，凝聚在他的作品中。路遥的世界，虽是平凡的世界，但路遥的人生，定是辉煌的人生！

（2018 年 5 月于长安龙首原）

原载《西安日报》2018 年 11 月 20 日副刊《西岳》

白鹿原下谒「白鹿」

　　一直想去白鹿原转转，想去陈忠实故居看看，想了很久很久。丙申年春陈老师驾鹤西去，这个念头越发强烈。想去又怕去，最怕的当然是触景伤情。

　　陈忠实老师的"垫棺作枕"之作《白鹿原》，是我读大学时拜读的。阅读时带给我心灵的震撼是那样强烈——强烈到不相信它的作者陈忠实就生活在我们关中大地上。参加工作后，我才知道他生活过的村子离我现在生活工作的所在地龙首原并不远，也就十几公里的车程。

　　今年正月里，我又一次阅读了陈忠实的《寻找属于自己的句子——〈白鹿原〉创作手记》《关于一条河的记忆和想象》

等文章。他写道："我家住在白鹿原北坡根下，出门便上原。"他说："这是我家门前流过的一条小河。小河名字叫灞河。"读完陈老师的文章，去他故居看看的念头变得越发迫切。我想看看他故居后的白鹿原和他家门前的灞河水。

元宵节过后的一个周末，寒气稍减，雾霾略淡，有点小风，阳光时不时从云层中漏出来，照到身上有些许暖意。我终于向渴盼已久的白鹿原下的陈忠实故居进发了。我的心里充满了激动和期待。

按图索骥，车到灞桥区西蒋村，入村的岔路口跟前就是陈忠实故居。街道静谧，偶有村民走过，一棵高大的梧桐树守护在门前，树干就像陈忠实手里的那支笔，又像他手里的那根卷烟。残存未落的枯叶零星挂在枝头，与此形成强烈反差的是门前的青青翠竹，一片繁茂苍翠。翠竹根根挺立，竹干碧青，竹叶翠绿，好像刚刚过去的寒冬对它没有多大影响。

在翠竹的簇拥下，朱红色的铁门略显陈旧，门口的石狮威猛，替故去的主人看守着宅院。左侧门扇贴有陈忠实的个人肖像照，满布沟壑的脸上，是他一贯的笑容和表情，手指上夹着心爱的雪茄烟。肖像显示，他着装朴实无华，穿衣打扮一如生前，就是关中地面上地地道道的老农形象。只有他那睿智坚毅的眼神，才能让人把他和白鹿原下的村民区分开来。

右侧门扇贴有陈忠实经典语录，其中一则写道："行事不在旁人知道不知道，而在自家知道不知道；自家做下好事刻在自家心里，做下瞎事也刻在自家心里，都抹不掉；其实天知道地也知道，记在天上刻在地上，也是抹不掉的。"他是这样说的，也是这样做的，他所以成了大写的人。他的另一则语录也颇耐人寻味："好饭耐不得三顿吃，好衣架不住半月穿，好书却经得住一辈子读。"说得多好啊！ 他离开了我们，却给我们留下了经得住一辈子读的好书。

正门左侧的墙壁上，录有陈忠实散文《青海高原一株柳》中的经典名句："长到这样粗的一株柳树，经历了多少次虐杀生灵的高原风雪，冻死过多少次又复苏过来；经历过多少场铺天盖地的雷轰电击，被劈断了枝干而又重新抽出了新条；它无疑受过一次又一次摧毁，却能够一回又一回起死回生。这是一种多么顽强的精神。"我觉得用这一段话形容陈忠实，太恰如其分了！

右侧墙壁则是陈忠实老师手书徐霞客的名言："春随香草千年艳，人与梅花一样清。"梅兰竹菊有"四君子"美誉，门植修竹，清净淡泊，是为谦谦君子；心藏寒梅，一身傲骨，是为高洁志士。陈忠实被称为"长安城一等君子"，卓然挺立的翠竹就是他的化身。从他下势要写出《白鹿原》，到写完最后一个字，历时六年之久，彰显的不正是竹子气节、梅花傲魂吗？

我多么想进院子转转，看一看陈忠实亲手栽下的玉兰，摸一摸他曾伏案写作的小圆桌和小矮凳。可惜铁门挂锁，无法入内，我只得沿村内道路转转。村内道路干净整洁，家家户户门前皆有翠竹迎人。陈忠实故居隔壁门口，圪蹴着一位老农，面色黑红，沟壑纵横。和他谝起陈忠实，他的敬慕与敬佩溢于言表。闲谝中我问："你觉得陈老师给村子里都留下啥了？"老农望着陈忠实故居门前的竹子，深情地说："这竹子都是忠实活着的时候栽下的，村子里家家户户的竹子，都是从忠实家里移栽的。他人虽然走了，但是给全村留下了四季常绿的竹子！"竹子从陈忠实故居门前，蔓延到全村，成了村里一道美丽的风景。看着满村的翠竹和满眼的青翠，我的眼睛不由得湿润了。

屋后白鹿原令人仰望，门前灞河水长流不息。斯人已逝，清气若竹，就如眼前；比之白鹿原，小说《白鹿原》赫然就是另一座更巍峨的山。有人说陈忠实就是他自己笔下的"白鹿"。信哉！若其不然，他如何能创作出神话般的《白鹿原》来？

白鹿原下，白鹿不死！

（2019 年 3 月于长安龙首原）

原载《西安日报》2019 年 4 月 29 日副刊《西岳》

海风山骨话平凹

　　那是一个天朗气清的金秋十月，我怀着虔诚之心前往商州丹凤棣花，这里是著名作家贾平凹的故乡。天蓝得似刚洗过一样，云白得像天使的翅膀，丹江似乎格外钟情这片土地，特意拐了个弯环抱住棣花，远处的笔架山静卧蓝天下，等待着主人挥毫泼墨。

　　踏上"宋金边城，棣花之都"，秋日暖阳温意融融，秋山秋水异彩霞光。呼吸着草木清香，感受着淳朴民风，我的心儿也像春日的棠棣花一样盛开。行过宋金两国士兵列阵的横桥，仿佛回到了昔日金戈铁马、兵戎相争的古战场。迎面一黑色牌坊式样建筑，贾平凹老师手书的"宋金边城"四个烫金大字格外惹眼，走过中厅出后门，回首看到门廊上悬挂着"和议厅"的匾额。

穿过宋金桥下的石拱桥洞，就来到了宋金街。入口处一方巨石上，留有贾平凹老师的墨宝"宋金街"。"宋"字圆融大气，好似一位宋朝学士；"金"字肆意张扬，就像好战的金代武士；"街"字绘形绘意，仿若扶老携幼的逛街人。街道以中轴线为界，两边建筑很有特色。一边为金朝风格，另一边为宋朝特征；地砖一边横着铺，另一边竖着排；窗棂一边网格状，另一边竖条状。街上游人来来往往，和我一样，大多都是来探访贾平凹老师的文学之旅的。

看到"贾平凹老宅""贾平凹文学馆"的指示牌，我向西沿石阶拾级而上。来到贾平凹文学艺术馆门前，门前有青砖铺就的小广场，一栋房屋的外墙上，以黄铜浮雕形式展示了贾平凹在书房写作的场面。一面五组书柜，上面陈列着平凹老师的代表作《废都》《秦腔》《极花》《高兴》等。平凹老师面对笔架山方向而坐，左手夹支香烟，右手握笔，正陷入沉思之中。

走进文学艺术馆，里面错落有致地分布着影音馆、文学馆、书画馆，从不同侧面展示了贾平凹老师的文学艺术成就。影音馆正在播放中央电视台《朗读者·作家贾平凹》，这期节目我是看过的，在影音馆，我又重温了一遍，感触良多。书画馆中，"秦岭最美是商洛""丹水凤山是胜游"等题字匾额，让人感受到平凹老师对家乡的热恋和挚爱！文学馆自不必说了，展示了平凹老师至今以来的大部分著作，心里不由感慨：

平凹老师怎么这么能写呢？

穿过一道小门，是"贾平凹老宅"。门前空地左手方向卧一丑石，后方黑色木质宣传栏里，是贾平凹的散文代表作之一《丑石》，也许贾老师是在自喻吧！右手是贾平凹老宅大门，门外红柿高挂枝头，月季绽开笑颜，黄菊探出篱笆，真真意喻着"嘉祥延集"。大门与墙有一定夹角，与丹江南岸的笔架山相对，难怪这里出了一位举世瞩目的大作家！

入门一面木质照壁，镂空雕花，古色古香。雕有龙凤呈祥、梅兰竹菊、祥云如意等，透出满满的福气！转过照壁，一口大水缸端立着，是否意味着风水不外流？正面上房摆放着平凹老师双亲的照片，中堂大书"絜行脩善"，联曰：尊亲守本乃至德要道，光前裕后赖孝子贤孙。很奇怪为什么是"絜"而不是"潔"？难道因门前有悠悠丹江水？所以不缺水？

厦房布置为"平凹之家"，门前一联道尽平凹老师的文学艺术之路："笔耕不辍文学路，流光溢彩追梦人"。屋内陈列着平凹老师的书画作品，亦有其他书画家所书所绘和平凹老师有关的作品，向人们呈现了一个全方面多维度的贾平凹。上房和厦房夹角处有一小屋，里面售卖贾平凹老师亲笔签名的著作，很多慕名而来的人们都要买几本平凹老师的著作读读。

一路走一路看，沿石阶下行，过刘高兴家，不觉来到千亩荷塘。正是季秋时节，天高气爽，晴空万里，秋风拂柳，秋水微澜。站在荷塘边的柳树下，远望笔架山如黛，丹水似银，二龙拱桥长虹卧波。荷塘已褪去夏日繁华，荷叶干枯萎黄，不见了绰约风致；莲蓬干巴焦黄，睁着黑洞洞的眼睛盯着水面，似在查看莲藕的长势。春季的荷擎出绿盖，夏季的荷开出红花，秋季的荷用尽了全身气力，来孕育棣花特有的十三眼莲藕，给棣花的人们带来丰收的喜悦。

丹江南岸的笔架山，沉稳静默、浑然天成。传说文曲星下凡，看到棣花山清水秀，人杰地灵，不由心生欢喜，提笔挥毫，写就搁笔，那山就成了文曲星架笔的笔架。笔架山的神奇传说，著名作家贾平凹的横空出世，都为棣花蒙上了一层神秘的面纱，惹得世人纷至沓来，一探究竟。

从如巾似带的丹江，吹来轻柔的风，飘过荷塘，漫过湿地，也拂过少年贾平凹的胸怀；坐在荷塘边读书的少年贾平凹，天天望着笔架山，以指为笔在心胸描画涂抹，描着山的磅礴，画着山的逶迤，涂着山的苍茫，抹着山的大气。那海风山骨般的气韵，就这样融入贾平凹的血脉骨胳，使他柔中带刚、刚柔相济。

平凹老师曾说："我这辈子没说过一句硬话，没做过一件软事。"个头不高、外表憨实的商州丹凤棣花汉子贾平凹，有着金人的彪悍，宋人的儒雅；秦人的朴实，楚人的灵秀；海风的柔肠，山骨的刚强。西岳华山的道长曾赠"海风山骨"四字给青年贾平凹，平凹老师一直以此自勉自励，自警自省。

"海风山骨"正是贾平凹老师最真实的写照！

（2019 年 1 月于长安龙首原）

「大胡子」李震

己亥年一个飘着春雨的周末下午，听说李震老师做客"贾平凹大讲堂"，我不由眼热心动，推掉其他事情，从北往南穿城而过，冒雨赶到西安曲江贾平凹馆，聆听李震老师授课。

此前也曾听过李震老师的评论及授课。丁酉年盛夏，在一本传记的新书首发式上，第一次听李震老师的现场评论："对于文学界来讲，传记，我觉得是做文学研究和文学批评的一个基础，第一手材料，所以这是我们陕西文坛的几个重要的收获（之一）……那我们（作者和传记所描写的对象）这种文化上的'近亲'关系，他的优势是太熟悉，太了解，一定能入乎其内，但能不能出乎其外我不知道……"李震老师的评论客观真实，对被评论者及其作品具有一定指导意义。

时隔不久，在西安市文艺评论高研班上，李震老师做了题为《媒介化时代的文艺批评》的授课，让我很受启发。因李震老师较忙，那天的课放在了晚上。他说："传统文艺论坛是一个学术话语空间，自媒体将文艺论坛变成了社会舆论场。媒介化时代文艺批评的社会舆论具有公众性、话题性、对话性、多元性的特征……"那次的高研班，以中青年评论骨干为主，李震老师的授课对中青年评论人员产生较强引领作用，对媒介化时代的文艺批评具有积极的指导价值。

前两次光忙着听课，没有注意观察，只知李老师有一副大胡子。此次到得早，恰巧李震老师也去得早，倒细细打量了一番。李震老师不愧是陕北汉子，身材高大魁梧。梳着大背头，头发黑密卷曲，络腮胡浓密。额头饱满，戴副金边眼镜，镜片后的眼睛闪着智慧的光芒。一看到他，一看到他标志性的"大胡子"，就让人想到马克思，也许他们都勤于思考、善于思考吧！

李震老师是著名诗人、诗歌评论家，此次主讲《中国诗歌传统的历史地理》。他一开口，便开宗明义地讲道："陕西不仅拥有中国主要的诗歌传统，而且是中国诗歌传统发生的主要地理区域。全世界没有任何一个地方的诗歌传统敢和陕西来比，陕西是人类诗歌文明最集中的地方。"李震老师的观点，引起现场观众的共鸣，观众报以热烈的掌声！

接下来，李震老师从大司乐与《诗经》传统，楚歌与《楚辞》传统，汉赋：黄河文明与长江文明的汇流，乐府、太乐府与汉乐府诗歌传统，唐诗：中国诗歌传统的大聚合五个方面，详细阐述诗歌在中国的起源、发展、演变。他充满自信地说："中国是世界上最大的诗歌国度，也为世界和人类文明史树起了巨大的诗歌高峰，而这座高峰就矗立在陕西关中，几大诗歌传统全部是在陕西形成的。即使南方的《楚辞》，最后也汇流到了长安。诗歌不仅仅是一堆文字，或者一串串的句子，也不仅仅是一种分行的文体，而是一种精神存在的特定方式，是一种特定的精神需求。只要有人类在，诗歌就永远存在着。"

授课过程中，李震老师的新观点让人耳目一新。现在很多地方都自称是诗经故里，其实，李震老师通过研究提出："诗经的故里是一个机构，而不是一个地方。"此观点一经抛出，立即引发观众巨大兴趣。只听李震老师继续论证：这个管理机构就在西安。周公旦在公元前1040年颁布了礼乐制度，设置一个叫大司乐的机构来主管乐，包括音乐、文学等很多文艺样式。这个大司乐肩负了为王室创作典礼祭祀音乐的使命，这就是后来《诗经》里的《颂》。此外，乐师们进行了既不代表庙堂、也不代表民间的创作，这部分就是后来的《雅》。《风》来源于民歌，由大司乐从民间收集整理而来，所以《诗经》真正的故里应该是大司乐。

在讲到楚歌与《楚辞》传统时，李震老师又抛出一新观点："楚歌曾流行于长安街头，汉赋是《诗经》与《楚辞》大融合的产物。"黄河文明与长江文明的汇流,《诗经》与《楚辞》的融合,才使汉赋如芳草美人般施施然走向了我们。

在微雨的春天,在万物萌动的季节,李震老师用诗意的语言,"润物细无声"地给热爱诗歌的人们打开了一扇窗。窗外是诗歌的高地——长安,窗内是热爱诗歌的长安人。诗歌好比彩虹桥,连起了上下五千年,连起了七大洲四大洋,连起了你我他。

（2019年3月于长安龙首原）

长安文杰

　　长安文坛，人才济济，藏龙卧虎！ 谁这么霸气？ 敢称长安文杰？

　　这位先生，姓朱名文杰，被人称为长安文坛文杰！ 知道文杰先生的大名很早，结识先生却很晚。几年前的早春三月，得知先生将在古城长安的未央开讲《诗词创作知识》，不由心动，赶着去听课。

　　文杰先生以诗扬名。"水躲在陶罐里，和姑娘捉迷藏。鱼咬着尾，一条条潜逃时无痕无迹……"诗中的半坡姑娘，怀抱尖底瓶，施施然向我们走来。"浑身咬满了箭矢，没有倒下，仍在腾跃堑壕，仍在冲刺长风……"神勇的昭陵六骏，活在他的诗中。"浪之上，云之上，鸟之精灵/撞响/一口彻天盖地的巨钟。"风浪之上的精灵，展示着海鸥意象。

读着这些或婉约或激昂或充满灵性的诗歌，我脑海中立刻浮现出一位身穿长袍、文质彬彬、儒雅俊逸的青年诗人的形象。谁知讲座开始，一位头发花白、身材壮硕、衣着简朴的老先生登上了讲台。真是让人意想不到！老先生的出场，彻底颠覆了我对诗人的想象。

可是文杰先生一开口，我就知道他是真正的诗人！从郑愁予的"我达达的马蹄声是美丽的错误，我不是归人，是个过客。"再到徐志摩的"最是那一低头的温柔，像一朵水莲花不胜凉风的娇羞……"让大家从中体会诗歌中应有警句佳句。讲到自己的创作，他说他比较注重矛盾思维和矛盾修辞。并以《哭泉》为例：哭，有时并不软弱，泪，是心中怒火烧出的悲愤。关于诗歌的灵感诞生，文杰先生以《杜甫草堂》举例：我多想我就是那个/公然抱茅入竹的顽童/惹你再赋一首秋风歌。诗圣杜甫的《茅屋为秋风所破歌》，让人读出了心酸，更读出了诗圣忧国忧民的高尚情感。而文杰先生的《杜甫草堂》，却让人体会到一种调皮和灵性，把忧郁苦难的诗圣写活了。

望着台上满头华发的老先生，我惊诧于他不竭的诗情，也深深敬佩他的勤奋。文杰先生谈诗歌创作，又说了要从童谣民谣上打捞记忆，形象思维的同时，不能忘记逻辑思维。但记忆最深刻的话语，还是他语重心长地讲道：文学是愚人的事业，勤奋者的事业。但凡文学上有成就者皆勤奋，笔耕不止。文杰先生就是这样身体力行的。

从20世纪70年代发表作品始，文杰先生先后出版诗集《灵石》《梦石》《朱文杰诗集》等，他将坚硬冰冷的石头写出了柔情，写出了温度，写得活灵活现了。"渴望那一击，穿透昏黄的月晕，音乐自己的一生"之石磬；"一醉千年，醉成一首无言诗……借月之光华，柳之婆娑，于若明若暗中醉卧，吟千古不朽佳句，似醉非醉，一任剑气肃杀"之太白醉卧石；"望穿了泪眼，相思残忍，煎熬孤独的苦汁"之望夫石……读着这些充满灵气的诗歌，你会惊讶于他的才情诗意。

除诗歌之外，文杰先生的散文也是蔚为可观。他著有散文集《清平乐》《拾穗集》等，另有《记忆老西安》《西安老街巷》等。这些都是一组组的大文章，在他的笔下，老西安、老街巷还不曾走远。他用心勾画着老西安，用情描绘着老街巷。

《白鹭湾》里，文杰先生写道：我们家搬到白鹭湾54号，主要是我外婆家是白鹭湾52号，和我们家隔一个院子的老户。西安人把外婆叫渭奶，这时把"外"念成"渭"。外婆家即舅家，西安人也叫渭家。这个"渭"就源于《诗经·国风》的《秦风》。《诗经·秦风·渭阳》曰："我送舅氏，曰至渭阳。何以赠之，路车乘黄。"后人为了表达对舅父的思念，就将渭阳代指舅父。此文有情有景有典故，让人过目不忘。

《西南城角的四知村》关于"四知"的来历，有多种解读，我喜欢文中这个解读：以后读《论语》，方知其中真有

"知命、知礼、知言"，子曰："不知命，无以为君子也。不知礼，无以立也。不知言，无以知人也。"这充满了人生智慧的哲言，真是给我不小的启悟。关于"知仁"，原来是晚清的曾国藩加上的，凑成曾氏版的"四知"。原来"四知"竟蕴含有如此深意，我确实是深感振奋欣喜，心中一下豁亮了许多。

在《东西甜水井街》一文中，文杰先生写到甜水井街在清代光绪年间，出了个大人物，叫赵舒翘，从刑部尚书干到军机大臣。后赵舒翘蒙冤被定"斩立决"，西安绅民联合为赵请命。文杰先生感慨道：从中我也深感，每当民族危亡，大是大非的关键时刻，西安从不缺血性男儿，西安人浑身是胆，具有那种从不退缩，敢怒敢恨，敢把皇帝拉下马的大无畏精神，即"秦人的尚气概，先勇力，忘生轻死"的那种精神。文杰先生也是这种血性男儿，更深具秦人这种大无畏禀性！

文杰先生在《梁家牌楼》一文中饱含深情地写下了这样的句子：民国年间，梁家牌楼整条街的建筑都很气派，高门楼的三进四进深宅大院，以及四合院式建筑，一家连一家。庭院幽深，门墩石刻，照壁砖雕，兽脊飞檐，青砖黛瓦，楼阁花廊。在我儿时记忆中，梁家牌楼建筑精美程度，与西安全城的老街道比，绝对称得上一流。这些老西安记忆，勾起了多少人的美好回忆？沉淀了多少人的青春岁月？也为西安这座古城留存了不可磨灭的历史印记。

文杰先生多才多艺。除过诗文，其在绘画、音乐等方面也有很深的造诣。他的很多文集中，插图大多是他自己绘就。特别是水墨山水画，有一种苍凉浑厚、大气磅礴在里面。他会吹笛子、拉贝斯（低音大提琴），也曾任过铜川歌舞团乐队副队长。想想年轻时的文杰先生，戴副近视眼镜，文质彬彬，高大潇洒，再拉着如泣如诉的大贝斯，应该很是吸引人的，也许师母就是这样被吸引的。

先生喜好集邮。收集有多个国家各个时期的邮票，里面珍品名品亦不少。说到邮票，不能不提先生一篇和集邮有关的妙文——《遭遇"山城棒棒军"》。讲述先生 2002 年在重庆参加西部十二省市联办邮展，携带珍贵的三部邮集参展，返回前往火车站时，"棒棒"帮忙送行李。谁知青年"棒棒"扛着行李走得飞快，以至文杰先生没有跟上，担惊受怕地以为邮集要丢了，没想到实诚的"棒棒"在目的地等他。由此可见，邮票在先生心中的分量。

先生对邮票的热爱，又催生出一篇篇和邮票有关的美文。"文杰说邮"系列，是先生和邮票有关的文章的统称。《上巳节在长安》《书坛亚圣颜真卿》《西府海棠》等，让人不只学到了邮票知识，同时也了解了历史渊源，还欣赏了先生的摄影佳作。时常在想，一个人怎可能如此多才多艺？ 历史上多才多艺的人，记忆中只有大文豪苏东坡。文杰先生是现实生活中、活生生的多才多艺之人。

文杰先生天生侠肝义胆、古道热肠。但凡有事找他，准没错。他既能出主意，又能想办法，还能急人所急，想人所想。一年长文化学者，文笔老道，可是名气与文气不相匹配，得先生帮衬，如虎添翼，如鱼得水；一文学小青年得先生赏识，为其指点迷津，推荐作品，使其在文坛崭露头角。

结识先生后，我有次无意说起某事。说者无心，听者有意。文杰先生刚刚陆续做完双眼白内障手术，特别是第二次术后，其中一眼注入硅油，只能趴着，需定时滴眼药。因长时间趴着，导致双肘、双膝都快磨烂了，身心异常痛苦。听了我说的事，只见他硬撑着坐起来，不顾医嘱不能长时间用眼视物，特别是电子屏幕类，费劲地用术后需格外保护的眼睛，寻找着手机通讯录中的联系人及联系电话，又是打电话，又是发微信，为我的事情助力。

看着先生为我忙活的这一幕，听着他浓重的陕西家乡话，我不由鼻头酸楚。打完多个电话，发完多个微信，文杰先生顺口问起我的父母亲身体可好？不问这个问题还好，一问这个问题，我就红了眼眶，眼泪竟止不住地流下来。当听说小他一岁的我的父亲，刚去世不久，先生也跟着为我揪心难过。师母贴心，为我端来南瓜枸杞豆浆。温热营养的豆浆暖着胃，贴心暖心的话语熨着耳，我竟有了在父母家中的熟悉感、亲切感。

长安文杰，一位多才多艺的文化学者，一位笔耕不辍的勤奋作者，一位受人尊敬爱戴的智慧长者，一位侠肝义胆的伯乐使者。长安朱文杰，真文杰也！

（2018 年 6 月于长安龙首原）

师兄孔明

　　丁酉年盛夏的一个周末，古香古色的曲江贾平凹文学馆里举行《贾平凹传》、《贾平凹》影集首发式暨读者见面会。在接下来的六方对话环节，一个人的发言引起了我的关注。从观众的角度看去，他坐在发言席的最右手边，全程露着孩童般的纯真笑容。他身穿一件浅色半袖衬衫，灰色长裤，不高不矮，不胖不瘦，刚刚好。头发密而黑，与银边眼镜形成强烈的反差。镜片后眼含笑意，望之亲切。

　　听主持人介绍，才知他是陕西人民出版社编审张孔明老师，是《贾平凹传》和《贾平凹》影集的策划者。他为观众讲述了这两部书的策划初衷："在陕西，如果说写贾平凹老师，我个人认为，到目前为止，孙见喜是不二人选……郑文华也是我的朋友，这书里有很多摄影的资料是非常宝贵的，因为那是个胶片时代，当年的摄影其实很不方便。而且，他本人又是作协的，他有得天独厚的条件。"稍做停顿，他继续讲："因为传记是文字，影集是图片，相互都是不可取代的，如果这个摄影作品离开这个传记的文字内容去支撑，它显然是单薄的，但是摄影作品，它在当时的图像记录，文字也是取代不了的，这样的话，两个在客观上就互补。"

从图书的创意策划到出版，他付出了大量心血，却不居功，也不贪功，将荣誉、成果归于责任编辑和出版社。我当时在想，他不大的脑袋里究竟装着多少智慧？ 不够宽厚的胸膛中藏了多少谋略？

金秋十月一个微雨的清晨，一位老师的作品研讨会在陕西省国画院会议中心举行。我不仅是受邀嘉宾，还是负责签到、引导嘉宾的临时工作人员，所以到得较早。当看到"孔明"的座位牌时，心想，谁这么生猛，竟敢抢历史名人的名讳。嘉宾陆续到场，我正低头在会议室门口负责签到，忽然听到爽朗的笑声，感觉声音有些耳熟，不由抬头向笑声的主人望去。原来是张孔明老师！ 他签完到，径直走到"孔明"的座位牌前就坐。询问其他老师才得知，张孔明老师的作品，经常署名"孔明"，以至于有的人将他的姓都忘了。原来"孔明"就是张孔明啊！

研讨会按照议程有条不紊地进行着。轮到张孔明老师发言了，他很谦虚，用手推推鼻梁上的眼镜，不紧不慢地说："前面的老师都说了对作品的认识和理解，我也就不多说什么了，我推荐我身旁的《西安晚报》的才女发言，她说的也代表我说的。"真是有个性的主儿！当然他身旁的才女没有辜负他的推荐，讲得既有理论性，又有文学性，让人耳目一新。

一周后，在陕西省图书馆又举行"陕西文豪三人传"——《路遥传》《陈忠实传》《贾平凹传》分享会。偌大的陕图大讲堂，座无虚席。我坐在最后一排的一个不起眼的角落里，由于距离较远，我费劲地看着台上的嘉宾，费力地听着他们对话。作为"陕西文豪三人传"的策划编辑，张孔明老师自然在座。从一排一排的观众头顶望去，他仍是坐在右手边的访谈席上，神态闲散，话语从容。

在最后的观众提问环节，我也有问题想问张孔明老师，遂勇敢地举了手。让我没有意料到的是，主持人眼尖，竟然发现了我，将话筒传递到我手中。我提了两个问题：一是，为什么选邢小利、张艳茜、孙见喜老师作为"陕西文豪三人传"的作者？二是，陕西人民出版社近期还有哪些大的动作？

提问完，我静静地等待张孔明老师回答我，没想到他拿起话筒就是一通批评："我刚前面讲的时候，你就没有认真听，第一个问题我已经谈过了，不再重复。"闻听此言，我脸发烧，耳发烫，恨不得找个地缝钻进去。他变换了一下坐姿，口气有所缓和："陕西人民出版社接下来还有大的动作，明年《陈忠实传》还会有一个修订版，因为陈忠实老师在世的时候，还有一些资料当时没有发现，一些资料需要经过甄别，所以一个更客观、更全面的《陈忠实传》将会呈现在大家面前。"

活动结束，与会人员合影留念。像我这种慢熟慢热的人，总是很难主动和人沟通交流。前两次活动和张孔明老师连一句话都没说过，第三次遇见他，因为活动现场的勇敢提问，我竟和他有了言语碰撞。他看见我，让我有空去他那里，说送一些书给我。

后来，我专程去北大街陕西人民出版社第三编辑部拜访了张老师。听说我是兰州大学毕业的，他有点惊喜，说他自己也是兰州大学毕业的，上的历史系。"是吗？这么巧？"我真没想到会碰到老校友。他有些兴奋，眉眼含笑地对我说："这么说，你就是我的小师妹喽！"

"那我可不敢！您对我来说是老师，和您同辈的作家，我都是要叫老师的。若喊您师兄，那就差辈了。"我有点惶恐。他把手一挥，笑道："不管那些，你实实在在就是我的小师妹嘛！各论各的辈！"由此可见他是性情中人，不受世俗繁文缛节的束缚。

那天他送了我一大袋子书，足足二十余本，十几斤重，够我读一年的了。当我拎着他沉甸甸的关爱，感觉既幸福又压力倍增。我明白，他是在用书鞭策我这个小师妹呢！

孔明不只是温和的师兄，更是一位严厉的老师！他的工作和文学创作那么忙，只要我有文稿发给他，他总是挤出宝贵的时间帮我把把关，提提修改意见。他的意见有时提得很直接，有时丝毫不留情面，有时感觉一篇文章像是被他全盘否定掉了。他对文字的严谨，对行文的严格，对我的严厉，让我感到紧张害怕。但在紧张害怕之余，又有点小庆幸。现在这年月，谁还真心给你提意见、讲真话呢？ 这样一想，又感觉到他的可亲、可敬了。

有一次见到孔明，他忽然说："鸿雁，对不起！"我听后一头雾水。他不知从谁嘴里听说了那天我在陕图大礼堂提问的委屈。那天，一直在医院陪护父亲的我一大早挤出时间赶到图书馆参加活动，坐得靠后听不清楚，右手腕因为拉伤疼痛也有点分心。可以说我是带着疲惫之身去的。他道歉的那种真诚使我感动，可他哪里知道，其实我压根就没有怪过他。

孔明出生在美玉之乡的蓝田，他撰写文字犹如雕琢美玉一般。在工作之余，他笔耕不辍，几乎每天都有文章问世。留心报纸杂志，经常能看见他的名字，他是西安城里出了名的散文快手。今年早春，天飘着雪花，他将自己新出版的散文集《书中最相思》送给了我。当我接过书的时候，心里竟感觉他是将一个文学人的心意送给了一个对文学满怀赤诚的我。手捧封面素雅、文字唯美的《书中最相思》，就像捧着一束红灿灿的红豆。师兄在扉页上题写的"文学如春风，化雨又吹花"让我备感温馨。至今犹记得我当时接过书的情景：在飘渺的太液池畔，雪中的南天竹，叶片红绿相间，那红豆被白雪衬得鲜艳夺目，它多像我怀抱的《书中最相思》啊！

拜读师兄微信公众号"孔明散文"里的文字和图片，总是有赏心悦目之感。他文章中所有配图，美得像专业摄影作品，他告诉我，那都是用华为手机拍摄的。去年冬天，在白雪覆盖的大明宫，在那树鹅黄蜡梅花前，他就用手机为我留下了图画般的摄影:白茫茫的琉璃世界,疏影横斜之间,梅香沁人之际,一位红衣女子微微颔首,定格美丽的瞬间!

师兄不吸烟不饮酒,最喜上班穿行大明宫。我也有漫步大明宫的喜好,有时与他不期而遇,被他笑称为"艳遇"。他因为惦记上班,步子快些;我因为赏景晨练,步子慢些。他由北往南穿行,我由西往东漫步,偶尔遇见的时候,打个招呼,各自沿既定路线继续前行;若是时间宽裕时,我会陪他小走一段。一起行走时,为了赶上他的步伐,我不得不加快步子。这种快步行走,特别是在美景如画、树绿花红的大明宫中,对健康非常有益。有一位老师曾笑言:"我忌讳男士趴在我耳旁说话,嫌身体和口腔有异味,但我不排斥孔明,孔明是我见过的'吐气如兰'的男子。"我想他之所以"吐气如兰",应该是得益于健康的生活方式和穿行大明宫的习惯。

师兄爱花,爱一切美好的事物,随时看见美丽的花草或景致,他都会停下匆忙的脚步,举起手机狂拍一番。他所拍摄的图片,因了文学的感悟及审美,被赋予不一样的魂灵。图片若画,画中有诗,诗中有画。有一本杂志叫《大明宫研究》,用了18个页码刊登了他多年行走大明宫所吟的近体诗,美其名曰《大明宫行吟》。

贾平凹老师说:孔明也是大明。师兄自谦:孔明,一孔之明。小师妹我说:孔明就是孔明!

(2018 年 12 月于长安龙首原)

梅花香自苦寒来

大秦之腔，是谓秦腔。八百里秦川，养育了秦人，孕育了秦腔。秦人吼起秦腔，那叫一个带劲，那叫一个美！著名作家贾平凹曾说：秦腔是农民大苦中的大乐。秦腔于他们，要和"西凤"白酒、长线辣子、大叶卷烟、牛肉泡馍一样成为生命的五大要素。

2018年1月28日下午，瑞雪纷飞。著名秦腔表演艺术家、中国戏剧"梅花奖"获得者李小锋登上"贾平凹大讲堂"，向参加"贾平凹邀您共读书"全民阅读公益活动的观众讲述他和秦腔的故事——《秦腔伴我走世界》。

李小锋老师给人最深的印象，是他灿若星辰的眼眸，那眼眸是那样晶亮，那样耀眼！谁能想到，光彩照人的小锋老师幼年家贫，受尽苦楚。人常说：穷人的孩子早当家。为减轻家里负担，早日挣钱养家，1975 年他考到临潼文艺班背粮学艺。

这个时候，他学艺仅仅是懵懂地学，唱戏就是为了找个工作。其间，母亲病逝，为他留下终生遗憾：母亲没有看上他的戏。说到此，小锋老师的眼角湿润了。令我不由想起十几年前，陪父亲欣赏秦腔名丑孙存蝶老师的全本戏《卷席筒》，一边观看一边听父亲讲戏。可惜现在已无法陪父亲看戏了，父亲因病卧床，看戏对他来说已成奢望！听小锋老师说到他的终生遗憾及对母亲的怀念之情，推己及人，我不由潸然泪下。

1980 年，小锋老师考入陕西省艺术学校。在这里，他如饥似渴地学习专业知识和文化课知识，用他自己的话讲：狠学，拼死地练功。这个时期的他，就像鱼儿遨游大海，鸟儿翱翔天空，他在秦腔的世界里不知疲倦地遨游。

爱阅读、爱学习，让他受益良多。他向观众分享自己的读书心得：读的书多了，创作的人物也就丰富丰满了。《周仁回府》中的周仁、《花亭相会》中的高文举、《劈山救母》中的小沉香……小锋老师塑造的人物形象个个生动饱满，让人过目不忘。

从最开始唱戏是为了找工作，到中间因演戏太苦想改行，再到现在认为"干秦腔是神圣的职责"，小锋老师经历了化茧成蝶的艰辛历程。所谓"台上一分钟，台下十年功"，他的成功源自辛勤耕耘和不懈努力。

业精于专。在秦腔艺术的道路上，他矢志不渝地追求着、探索着、创新着。《白逼宫》《打柴劝弟》《盘肠战》为他赢得了中国戏剧最高奖——梅花奖；他唱念做打样样精通，独树一帜的"锋"派唱腔，征服了评委和观众，获封"伶人之王"称号；由他跨界演唱、作词的《我的家乡在陕西》以及由他创意演唱的《秦韵唐诗故乡情》，深受年轻人喜爱；首创秦腔1＋1"秦韵锋光"全国巡演先河！实践出真知，他撰写理论著作《美的断想》《艺海锋光》，归纳总结戏剧美学。

小锋老师不但讲得好，唱得更好。他一开嗓，高亢脆亮入云端，起伏跌宕潜深海，韵味无穷绕梁榴，气势恢宏越高峰。悲伤时，观众随着他一起哭；欢喜时，观众跟着他一起乐。秦腔，真是大苦大乐大秦腔！

"宝剑锋从磨砺出，梅花香自苦寒来"。李小锋老师这柄锋利宝剑，经历了千磨万砺才如此锋芒耀眼；李小锋老师这朵艺苑梅花，经受了千苦万寒才如此香气袭人！祝愿李小锋老师艺术之树长青！

（2018 年 1 月于长安龙首原）

肆 长安阅读

阅读

白鹿原头信马行

　　当我第一次站在西安灞桥西蒋村陈忠实老师的故居前，心里除了激动更多是不可思议。长篇小说《白鹿原》为它的作者陈忠实赢得了第四届茅盾文学奖，为他在中国当代文学史上立下了丰碑。没去之前，陈忠实故居在我心里的设想应该是被打造成旅游景点一样的所在，可直到我站在陈忠实故居前，我还是不能相信，这就是著名作家陈忠实的故居。这样一个小小的、普普通通的农家小院，和关中平原上所有的农家小院没有多大差别，竟是茅盾文学奖得主——陈忠实的故居。

　　元宵节已过，村子褪去节日的喧嚣，显得有些清冷。村道干净整洁，偶有村民走过；故居安静沉默，间有鸟儿鸣叫。门前的梧桐高大挺直，我凝视着苍黄梧桐，感悟着一位大家的风姿。两侧的修竹苍翠可人，我抚摸着翠绿竹干，感慨着一位文人的风骨。

朱红色的铁门略显陈旧，左侧门扇上贴着几幅陈忠实老师的肖像照。一张沟壑纵横的关中老农的面孔，一身家常的朴素衣衫，或远远地凝望，或深深地思考。难怪看到门前的梧桐树，我仿佛看到了陈忠实老师。那挺立的梧桐，多像挺直腰杆的陈忠实啊；那皴裂的树皮，多像他那张沟壑纵横的脸。这是饱经风霜傲然挺立的陈忠实，也是酸甜苦辣从不言说的陈忠实。

右侧门扇上贴着陈忠实老师的经典语录，其中一则写道："好饭耐不得三顿吃，好衣架不住半月穿，好书却经得住一辈子读。"白鹿原下的陈忠实，也许得了白鹿精灵的精气神，历时六年，在这个简朴的院落里，以自己的热血写出经得住一辈子读的好书——长篇小说《白鹿原》，为他深爱的这片土地，以及这片土地上的人民树碑立传。

仰望屋后的白鹿原，俯瞰门前的灞河水，小说《白鹿原》里的人物和场景扑面而来，就像一幅巨幕电影正在上演。《白鹿原》的开篇，陈忠实老师写下了巴尔扎克的名言："小说被认为是一个民族的秘史。"这是陈忠实对自己小说的期冀与定位，他就是要为中华民族写一段历史，写一段渭河平原从清末到新中国成立的历史，写半个世纪的风起云涌，写白、鹿两大家族三代人的恩怨情仇，写中国农村的风土人情，写中国农民的世事百态。

一阵微凉的小风吹过，带来黄土地上泥土的气息，微弱的阳光从云层缝隙中漏出，灞河滩上的冬小麦渐渐复苏。我眺望着远方，小说《白鹿原》中的句子猛地跳了出来："白嘉轩后来引以豪壮的是一生里娶过七房女人。"陈忠实老师起笔第一句，立马就紧紧地抓住了读者。随着阅读的深入，读者随着陈老师的笔尖欢欣流泪，跟着陈老师的语言慷慨激昂。白嘉轩、鹿子霖、黑娃、田小娥……这些人不就是白鹿原上活生生的人吗？

长篇小说《白鹿原》写出了一段沉甸甸的历史。陈忠实老师自幼生活在关中平原，一直想为脚下的土地写一部大书。他听长辈们讲曾经发生在这块土地上的故事，翻阅和白鹿原有关的县志，特别是当他看到县志中"贞妇烈女"的寥寥记载时，他决定了要为脚下的白鹿原写书，要为这些可怜的女子写书，从走访长者、翻阅县志、故居创作，到长篇小说《白鹿原》写成出版，历时六年。小说《白鹿原》里的半个世纪，是生活在这片土地上的人们的半个世纪，他们经历了清朝覆灭、军阀割据、北伐、抗日战争、内战等一系列历史事件，也经历了大旱、饥荒、瘟疫等天灾。阅读陈忠实老师的长篇小说《白鹿原》，就是阅读一段波澜壮阔的厚重历史。

长篇小说《白鹿原》绘就了一幅鲜活的画卷。从中可见关中平原的土地河流、风土人情，白鹿原的宗族文化、婚丧嫁娶，白鹿原人的街坊邻里、衣食住行等。难忘白鹿原的四时风光，难忘小麦成熟时壮阔的收麦场景，难忘宗族祭祀时的庄严神圣，难忘大秦之腔的嘶吼，难忘哇面的酣畅淋漓……阅读陈忠实老师的长篇小说《白鹿原》，就是阅读一幅世事百态的生活画卷。

人常说：文如其人。这点在陈忠实老师身上体现地格外明显。陈老师在《白鹿原》中写道："行事不在旁人知道不知道；而在自家知道不知道；自家做下好事刻在自家心里，做下瞎事也刻在自家心里，都抹不掉；其实天知道地也知道，记在天上刻在地上，也是抹不掉的。"陈老师是这样说的，更是这样做的。陈忠实老师经常被人尊称为"陈老汉"，村里的乡党亦是这样称呼他。故居的门锁着，无法入内，我只好在村道上走走，希望能有所收获。这时迎面来了一位在村道上转悠的老农，我拦住他想打听点陈老师的奇闻轶事。老农咂口旱烟锅子，悠悠地吹出一口烟，满脸自豪地说："陈老汉给自己写了一本能带进棺材里的大书，给白鹿原扬了名！"老农将左手里的旱烟锅子在鞋底磕了磕，右手竖起了大拇哥："陈老汉是个好人！ 一辈子只做好事，不做瞎事。"

一个人做人做事做到这份上，那也是值了！ 陈忠实生前喜欢文学后辈称他为老师，我也是一直这样尊称他为老师的。小说《白鹿原》中的朱先生是一位先贤，是一位神一样的存在，陈忠实老师就是一位这样的先生！

白鹿原头信马行，《白鹿原》里觅先生！

（2019 年 8 月于长安龙首原）

原载《中国青年作家报》2019 年 11 月 4 日

读您

"读你千遍也不厌倦，读你的感觉像三月。浪漫的季节，醉人的诗篇。唔……"耳边传来动听的旋律，伴着费翔深情的歌声，我的脑海中却映出了一位憨厚朴实的陕西汉子的形象。方脸宽额，浓眉下是一双睿智的眼睛；高鼻厚唇，厚唇中总是舌灿莲花；大耳圆厚，善听各方之言。脸面上有标志性的痣，尤以右眉头左眼尾的为著。您曾说：脸上的痣，由上到下排列，恰为北斗七星。这是多么自信的说法啊！

丙申年末，在陕西文化艺术界的一次会议后，不期而遇刚刚当选为中国作家协会副主席的您。在同事朋友的簇拥下，您满面春风地缓缓而行。如此近距离看到您，我是那样惊喜！

又是那样语无伦次！ 您和蔼又可亲，没有传闻中的架子，也没有传闻中的严肃，平易近人地就像邻家的伯伯。而我则像个大傻瓜，咧到耳朵根的嘴巴傻笑着，挤出细纹的眉眼偷乐着，傻呵呵笑嘻嘻地站在您身旁合影留念。您是那样气定神闲，嘴角眉梢微露笑意，让人想起弥勒含蓄的笑。

您在《残佛》中写道："我看着它的时候，香火袅袅，那头和身似乎在烟雾中幻化而去，而端庄和善的面容就在空中，那低垂的微微含笑的目光在注视着我。"敬佛礼佛的您，也是一脸佛相，一身慈悲，不由让人心生景仰！

丁酉年盛夏，在西安曲江贾平凹文学馆举行的《贾平凹传》、《贾平凹》影集首发式暨读者见面会上，您曾娓娓道来：作为一个作家来讲，或者作为任何一个艺术家来讲，你一定要明白自己是从哪来的……作家、艺术家的背后，他一定要明白自己传承的那个东西，继承的那个东西。你的文化背景有多大，你后来的发展才能有多大。

不大的贾平凹馆里，密密实实挤满了文化艺术界名流、文学艺术爱好者和各路媒体记者，院子里也是挤得密密匝匝的。正值八月酷暑，热情伴着热汗，妙语连着妙评。活动尾声，您及其他作者被热情的读者包围了。有人想签名，您就耐心细致地签名；有人想合影，您也是主动配合。手指签名签困了，甚至连去卫生间的时间都没有。工作人员看到了，准备护送您离开休息，可您还是在最后一刻，为我递上的书签了名。

在第五届中国"报人散文奖"颁奖典礼上，您侃侃而谈："在西安，能用陕西话来颁奖再亲切不过。"您也曾豪言："普通话是普通人说的话嘛！"所以您用地道陕西话欢迎嘉宾、表达谢意，宣布第五届"报人散文奖"获奖作者及其作品。憨憨实实的秦人，好似秦皇将俑越时空；沉沉稳稳的秦音，恰似秦腔名角念道白。一切都那么恰到好处。

最有趣的是总结讲话时，您自我调侃：今天颁奖很圆满，唯一遗憾是我和美女主持一起颁奖，使美女更美，使我更丑。观众闻言，哈哈大笑，鼓掌把手都拍疼了！颁奖典礼在热烈的气氛中圆满落幕。

您曾在《丑石》中写道："丑到极处，便是美到极处。"我想您这是在自嘲，更是在自喻。您继续写道："而我又立即深深地感到它那种不屈于误解、寂寞的生存的伟大"。我读您的文字，就像和您在对话，我想我是懂您的，即便没有深交，也没有浅酌，我想我依然懂您。

年尾了，在别致的曲江书城，著名文学评论家李敬泽最新作品集《咏而归》新书分享会即将开场。那天，我去得较早，围起的活动区域内还无人就坐。我早早买好书，坐在活动区域第二排开始阅读。不大一会儿工夫，陕西文化界的作家、评论家还有热心读者就挤满了现场。突然，现场好似平静的湖面投进一颗石子，荡起圈圈涟漪。我不用抬头都知道今日分享会的主角们到场了。

只见您和李敬泽老师、穆涛老师在工作人员簇拥下走到前排就坐。我是如此幸运！三位文坛大家就在我的前排，所有的目光、镜头对准了这里。我又是如此惶恐不安！既想离你们近点，又不想被人注意。即便是寒冬腊月，抱着书的手心也在不住冒汗。主持人正在做开场介绍，就近座位的读者已有人趋前找你们签名。我也想去找你们签名，又觉得不妥当，加上自己性格内向、不爱往人前面去，思索再三，我最终还是鼓足勇气离开座位去请你们签名。

三位大家在侧，竟引得我如此贪心！李老师签完，我又将书举到了您面前，您略微犹豫了一下，有可能觉得不是您的著作，在上面签字不合适，可后来看到我真诚的目光，您还是接过笔，潇洒地签下了您的大名。我刚回到座位坐定，主持人请您和两位老师上场。您临上场前将户外的大衣脱下，犹豫着要放哪里？我见状赶紧说："您就放椅子上，我帮您看着。"您微笑着点头致谢。我也守诺地将您的大衣理顺，搭在椅背上。

一场精彩的对话访谈满足了听众的期盼。李老师讲解《咏而归》的由来和意义；穆涛老师讲读书要发现观点，看走向。您是当代著名作家，可您依然很低调谦虚，您说："人要佩服有才气的人，但也不是谁都去佩服，李敬泽令人敬佩！"说这番话时，您言辞恳切、态度真诚，令人动容。

"坐春风，读经典"，三位文学大家的话语，让人如沐春风，似饮美酒，悠然陶然！那天傍晚，我也是"咏而归"呀！

路过菜市场，到常去的卖菜大姐摊位跟前买菜。卖菜大姐看我怀里抱着书，不由好奇地要过去看，辨认着签名。我逗她："可有认识的？"卖菜大姐爽朗一笑："贾平凹嘛！谁不认识？"

（2018 年 3 月于长安龙首原）

妈妈，我还在！

　　带孩子看完春节档大热的科幻电影《流浪地球》，去洗手间洗洗哭红的眼睛。正洗着，突然听到小小的、萌萌的声音："妈妈，我在！"关闭水龙头，对镜理妆，身后格挡内传来柔柔的呼唤的女声："小宝，在吗？"那稚嫩的童声轻轻应和："妈妈，我在！"隔了几秒，格挡内担忧的声音再问："小宝，还在吗？"有甜甜的声音在回应："妈妈，我还在！"一瞬间，我刚刚洗过的眼睛又热泪盈眶了！

　　回身，我看到一个小小的、嫩嫩的男孩，三四岁的样子，理着呆萌可爱的蘑菇头发型，背着卡通的小小双肩包，怀抱脱下的亮黄色羽绒服，上身穿迷彩图案的小夹克，下身穿黑色牛仔裤，脚蹬白色运动鞋，好一个可爱的小萌娃、小暖男！

就在这样的对话中，门"咯吱"一声开了，一位身穿黑色羽绒服的年轻妈妈冲了出来。她着急又不失温柔地看着小男孩："妈妈好担心你会跑丢！上个卫生间都不放心！"小男孩扯扯妈妈的衣角，嫩声嫩气地说："我不会乱跑的，因为妈妈会担心！"

看着这对母子，听着这熟悉的对话，盈眶的眼泪不由滴落下来。我赶紧回转身，拧开水龙头，假装继续洗脸，脸上不知是水滴还是泪滴，模糊了一片。

曾几何时，我也和这位年轻的妈妈一样，担忧着孩子的安全。毫不夸张地讲，上卫生间都跟打仗一样争分夺秒。一岁内怕她呛奶，两三岁怕她掉床，四五岁带她出门怕她跑丢……曾经无所畏惧的我，有了孩子后，竟有了这么多的担忧和害怕！

想想刚刚看过的电影《流浪地球》，我产生了强烈的共振共鸣！地球是所有生物的家园，是我们全人类的母亲，每一个人都要热爱我们的地球母亲！科幻巨将刘慈欣将一个命题带到了全人类面前，那就是在不久的未来，太阳即将毁灭，依靠太阳为生的地球也即将面临灭亡。面对绝境，人类携手并进，在地球表面建造出了巨大的推进器，将地球推出太阳系，为人类寻找新的家园，这一宏大的计划被称为"流浪地球"计划。

《流浪地球》小说原著背景宏大，想象丰富，逻辑缜密，风格依然硬朗冷峻。《流浪地球》3D电影场面宏伟壮阔，特效超前震撼，情节感心动魄，给人以温暖和希望！电影情节改编较大，既忠实原著，又高于原著。全人类只有一个共同目的：那就是拯救地球！拯救地球母亲！即便希望很渺茫，我们也要抱有希望！

电影中有句对白："在我们这个时代，希望是比钻石更珍贵的东西！"小说原著中说："在今天只要拥有希望，希望是这个时代的黄金和宝石，不管活多长，我们都要拥有它！"正因为全人类不曾放弃我们赖以生存的地球，拥有希望，我们才会和地球母亲同呼吸、共命运！

影片中统筹布局的联合政府，英勇坚毅的空间站领航员，慈爱坚韧的姥爷，果敢执着的救援队长，头脑敏锐的科技人员，逐步成长的叛逆少年，克服胆怯的小小少女……都给我留下了深刻的印象！影片最后，叛逆少年力挽狂澜拯救地球的勇敢智慧，小小少女通过广播向所有救援队员的呼唤与呐喊，空间站领航员用生命去点燃木星的豪情壮举，都让我情不自禁地流下了热泪！

作者刘慈欣在小说中饱含深情地讲道："人类在宇宙间离开了地球，就像婴儿在沙漠里离开了母亲！"地球——全人类的母亲！让我们来好好爱护她，保卫她！其实，我们每个人都可以做到多植树种草，节约用水，尽量使用公共交通工具，垃圾分类，截污减排等，以实际行动来爱护地球母亲。眼含热泪的我，想大声对地球母亲说："妈妈，我还在！"我们每一个人都应该大声对地球母亲说："妈妈，我还在！"

（2019 年元宵节于长安龙首原）

原载《西安日报》2020 年 7 月 4 日 7 版

一曲中华女性的赞歌

——读贾平凹长篇小说《山本》有感

　　贾平凹老师最新长篇小说《山本》出版发行一年了，这么厚重的小说，有五十万字，从构思到出版，历时三年，前后手书三稿。我也将《山本》读了三遍，第一遍细读，第二遍精读，第三遍重点读。读第一遍时，我就想写点东西，只是不知从何下笔；读第二遍时，我就留意写笔记，做归纳总结，心里有点小眉目；读第三遍时，我重点读自己感兴趣的，对自己有启发的，脑海里也形成了自己的观点。

平凹老师起笔就写道："陆菊人怎么能想到啊，十三年前，就是她带来的那三分胭脂地，竟然使涡镇的世事全变了。"女主角陆菊人一登场，就给读者制造了悬念，留下了思考空间。为什么叫陆菊人？为什么是十三年前？为什么那三分胭脂地竟使涡镇的世事全变了？

带着这样的疑问和兴趣，我捧着平凹老师沉甸甸的心血之作，一头扎进书中进行探索和追寻。陆菊人的一举一动、一颦一笑让我心动；陆菊人和井宗秀的互敬互爱、情感守望让我心疼；陆菊人和涡镇的兴衰荣辱、起落沉浮让我心跳。一年时间，三遍阅读，一个美丽善良、智慧勇敢、有胆有识的中华完美女性——陆菊人，在我心里站立起来了。

陆菊人是菊花一般的人儿，她是那般的美丽，如菊花般开于寒霜，丽而不媚，平凹老师把他的溢美之词毫不吝啬地都给了她。平凹老师是描写人物的高手，首先他用景物来衬托陆菊人，用花来比拟陆菊人。杨家屋院门外有棵桂树，八月里花开了，全镇子都能闻见香气。陆菊人一大早开门扫花瓣，然后将花瓣装进小布袋，凡是谁路经门前了，她就送一小布袋桂花。于是有更多的人特意要来走过，接受了小布袋，而眼睛还盯着陆菊人，赞叹着她越长越好看了。文中另有一处写花生看到陆菊人站在蔷薇花蓬下，她的白长衫子和蔷薇花一个颜色，好像是身上开满了花。

其次，平凹老师借他人之眼观陆菊人，借他人之口赞陆菊人。陆菊人生了儿子剩剩后，一次陆菊人在院门口拣豆子，几个娘们经过，见了她就说：孩儿都是偷娘的光彩呢，你倒越发长得嫩面了，又红又白！ 在井宗秀的眼里，陆菊人是什么样的？ 平凹老师写得很细致：陆菊人从道巷口刚出来，头上顶了块花格子帕帕，穿着一件青蓝掖襟袄，袄角翘翘的……陆菊人穿着新做的裙子，那裙子长到脚面……出了铺，腰身扭动，裙子就款款地摆着，脚上的黑面红花绣鞋一下子露出来了，一下子又隐住不见了。

周一山的干娘夸赞陆菊人银盆大脸的，眼睛多水灵呀。陆菊人去阮家行情，写礼单的说，你瞧瞧那背影，做太太的都走不出那种势么。花生说，姐今日抹了什么胭脂粉，脸这么红润的？ 麻县长说，黑茶就如这位犹抱琵琶半遮面又蕴含勃勃生机的总领掌柜，历经沧桑却洗尽铅华卓尔不群。

一次陆菊人和花生出门：陆菊人穿着镶绲着黑色边儿的月白衣裙，蓝裤子扎着黑带子，一双白布面儿的绣花鞋，绾了个牡丹式发髻，插根白簪子。再看看街上人们的反应：一到街上，惹得所有人眼睛都发亮，迎面碰着点头招呼，走过去了，又都扭头回看，而那些预备旅的兵，训练结束了在小铺子吃面皮或在酒馆喝酒，这边的目送她们走过了，哇哇地喊，夹了尖锐的口哨声，那边的迎着她们嗷嗷地喊，笑着起哄。

再次，平凹老师写陆菊人对自己和花生要求很严，非常注重自身形象。他细致地写道：再急的事也得把自己收拾好，你是女人。时常给花生提醒：做女人的，不管是老是少，不管日子富日子穷，自己要把自己收拾干净，尤其头上的髻、脚上的鞋。再忙再累，也得五日擦一次身，三日洗一次头，每日都得清洁下身。时常教导花生：以后不管遇到谁，客气归客气，头要抬着，腰挺着，老弓着就成"背锅"了。

通过这些细致精彩的描述，平凹老师给读者全方位多维度地展示了最能代表中华女性美的陆菊人形象。

陆菊人像地藏菩萨一样慈悲善良、悲天悯人。井宗秀一定睛就看到陆菊人，太阳刚迎面照着，陆菊人身上一圈光晕，由白到黄，由黄到红，忙从马背上翻下来，笑笑地站着。井宗秀系好围巾，看着陆菊人，说：刚才我看着你身上有一圈光晕，像庙里地藏菩萨的背光。

当井宗秀和画师四人被县保安队抓起来后，陆菊人劝着杨掌柜和杨钟去牢里探望。她对杨掌柜说：爹，人在牢里时间长了会想不开，出事么，有人去探望了，静静他的心，或许容易熬下来。陆菊人炒了一盒猪肉片子，装了一袋子烟末，就让公公和自己男人坐船去县城探望井宗秀师徒。

陆菊人去地藏菩萨庙，看到宽展师父在大殿里设延生和往生牌位。就对宽展师父说：师父，立这些往生牌位好啊，这得花销木材和功夫的，我和花生要捐些钱，茶行也要捐些钱，改日我一并拿来。又说：我还有个想法，不知对不对。这几年镇上死的人多，死了的就都给立个牌位，钱还是我掏。陆菊人扳指头算了二十五人，又想到一些死去的不知道名字的。她说：还有些人我不知道名字，但都是这几年在咱镇上死的，那咋写？宽展师父想了想，就在一个牌位上写了：近三年来在涡镇死去的众亡灵。陆菊人的心里，不只记挂着死去的杨钟和熟悉的人，还记挂着那些死去的没有名姓的人。无论好人坏人，不管生前有德没德是善是恶，死了都是一样的，让他们灵魂安妥，重新托生个好人。

阮上灶给阮天保通风报信，导致预备旅死了五十一人，井宗秀就将阮氏族人抓起来准备杀掉。陆菊人跑去劝阻未果，就去见麻县长，请麻县长出面阻止。麻县长说：这年月人活得不如草木，但人毕竟不是草木呀，你们妇道人家还有这般善良，实在令我感动。后在麻县长的劝阻下，井宗秀同意不杀阮氏族人，把阮氏族人赶出涡镇。

陆菊人听说炸预备旅山炮的三猫，要被井宗秀剥人皮蒙鼓，在茶行闷坐了半天，想着井宗秀真的要剥三猫了，那三猫犯了死罪，那就枪打了、砍头了，尸体挂在树上示众都可以，怎么就要活剥人皮呢？ 她就起身去找井宗秀，可又想到自己是一个寡妇，又去找周一山，周一山拒绝了。陆菊人知道自己劝说不了井宗秀，她就去给地藏菩萨上香：三猫罪有应得，下一世托生个好人……

地藏菩萨庙大殿两边挂着木牌，一边刻着：地狱不空，誓不成佛，另一边刻着：安忍不动，静虑深密。在井宗秀的眼里，他是把陆菊人当地藏菩萨看。涡镇的人们，有了大事小情，也爱寻陆菊人帮忙。平凹老师细腻生动的描写，让中华女性慈悲善良的光辉在陆菊人身上闪耀。

陆菊人的智慧勇敢，真是让人刮目相看。在自家的三分萝卜地里，她看见赶龙脉的人。赶龙脉的人在地里插竹筒，想第二天早晨寅时看看有没有潮起气泡。她第二天四更先去了萝卜地，看见竹筒上的气泡，手一摸气泡没了，骗走了赶龙脉的人。她心系一处，守口如瓶，去杨家做童养媳时，就问她爹要了这三分地当陪嫁。那三分胭脂地，竟然使涡镇的世事全变了。

陆菊人和打更的老魏头在北门城墙头说话，被土匪玉米听见了，玉米就朝城墙上打枪。危急时刻，陆菊人急中生智，夺过老魏头的锣槌，往空中抛去。玉米猛地见空中有了东西，开枪便打，锣槌没打着，子弹飞过去却击中了榆树上的野蜂巢，野蜂轰的一团就罩住了玉米，玉米被野蜂蜇死了。私下里老魏头给人说过陆菊人急中生智引诱玉米枪打野蜂巢的事，镇上好多人知道了杨钟有个厉害媳妇，还把她和陈来祥比，嘲笑陈来祥竟然被玉米剥了个精光。

麻县长带县保安队来涡镇剿匪，需要人在北门外沙壕里接应带路。陆菊人嫌公公年纪大了，手脚不便，她叫杨钟去，杨钟却不愿意，陆菊人便独自去了。后剿匪大获全胜，庆功宴上，麻县长问杨钟：那引路的是你媳妇？ 杨钟说：是我糟糠。麻县长说：那你替她喝一碗！

井宗秀听说兄长井宗丞被内部人杀了，想去查实。陆菊人说：这样吧，我去一趟桑木县分店，看能不能打听到真实情况。陆菊人临走时去庙里烧香，想着如果宽展师父在，菩萨就在，事情或许吉祥顺利，而且有出家人一起，路上也不至于引起别的怀疑。在桑木县分店门前，碰到保安队的人巡查。她对花生说：脸放平，你去给他们说。理由是店里老是闹鬼，请了庙里师父来念经驱邪。哄过保安队的人，也查实了井宗丞的死因。

平凹老师从日常生活小事着手，以满怀激情的笔触，描绘了紧急危难关头智勇双全的中华女性陆菊人。

陆菊人有胆有识，颇具经商天赋。井宗秀来请陆菊人经营茶行，刚开始陆菊人不想去，担心人家说她寡妇的闲话，又害怕经营不好茶行，"别人耻笑还罢，这罪过我承担不起啊"。后来想通了，答应经营茶行当总领掌柜。刚经营十日，就遇到总店收货发货的谭伙计私吞货款和糍粑店女儿私奔，龙马关分店方掌柜突然死去。风言风语就包围了她，说她命硬，自小没娘，还没合房，婆婆死了，儿子伤残，丈夫杨钟年轻去世。面对这种不利局面，她亡羊补牢制订收货发货规章制度，安葬方掌柜，让方家的儿子到茶行干活，辞退造谣生事的殷领班，稳住了局面。

后来，陆菊人和各分店掌柜研究制定了章程规则、年终奖惩制度。对各分店掌柜，该任命的任命，该对调的对调，该撤职的撤职，增加分店掌柜年薪，对业绩好的进行奖励。这些忙完，她又不停歇地带花生到各个分店实地考察了一遍，掌握了茶行整体情况。

陆菊人在麻县长那里喝到有金花的黑茶，黑茶能健胃消食、利肠通便、杀腥除腻，夏天破热解瘴，冬天生津御寒，她就立刻萌生了经营黑茶的想法。她派出老账房和龙马关分店掌柜的儿子方瑞义，老账房选供货茶庄并签订合同，方瑞义去黑茶作坊当伙计学习制作黑茶技术，以后涡镇茶行可以自己制作黑茶。黑茶从泾河畔运回来后，很快销售一空，六个分店第一个月赢利几乎是以往半年的总和。

伙计方瑞义快要学成归来了，陆菊人就想着扩建茶作坊。她看中了安仁堂附近的大土坑，要把坑填起来，又不想动用银钱去雇工。陆菊人就想了个招，让伙计在坑中竖一根椽，椽头挂小旗子，设茶摊，谁用石头掷中椽上的旗子，便喝一杯茶，没用多久大土坑就填平了，黑茶作坊也就盖起来了。

各分店年终的总结和汇报里，都夸陆菊人善于理财，精于管理，今年取得这么大的业绩，明年以美得裕牌号继续扩张，前景不可估量。麦溪分店的王京平说：执行起总领的新办法，果然有了大起色，钱便撺钱，越能赚就越能赚。我是服了，人都传说陆总领是身长腿短的金蟾转世的，还真是！

平凹老师由表及里、从浅入深，把一个有胆量、有见识、有气魄的经商奇女子，大书特书了起来。

莎士比亚曾说，"一千个读者眼中就会有一千个哈姆雷特"。贾平凹老师一本厚重大气的《山本》，陈思和看到民间性、传统性和现代性；吴义勤看见回归混沌的历史叙事美学；谢有顺看出字里行间深深的悲悯……作为小小的我，工作之余写点小文字的我，在阅读了三遍《山本》后，若说没有想说想写的，那不真实。在《山本》出版发行一周年之际，我写下自己最真实的想法，最真诚的看法，最真挚的情感。

　　贾平凹老师以自己的慧眼、慧心、慧根，为我们描绘了一位完美的中华女性——美丽善良、智慧勇敢、有胆有识的陆菊人，《山本》是一曲中华优秀女性的赞歌！陆菊人必将在中国历史文化长河中，与那些经典文学作品中的优秀女性一样，万古留名！

（2019 年 4 月于长安龙首原）

以《一曲三秦女子的赞歌》为题，原载《西安日报》2020 年 2 月 22 日 8 版
《阅读与思考》

用最本色的语言写作

——读王海长篇小说《新姨》有感

　　《新姨》是一本厚重的大书，是一部吸引人的长篇小说，是一位民间女剪纸艺术家的成长史，是一幅波澜壮阔的咸阳五陵原画卷，是本色的关中语言的智慧结晶。

　　《新姨》的作者王海老师，就是地地道道的咸阳五陵原上人。王海老师历经六年创作修改，《新姨》朴拙问世。《新姨》一书就像文中女主人公那把灵巧的剪刀，为作者王海剪出了更为广阔的文学新天地。

在渭河的北岸，由西向东埋葬着西汉的九位皇帝，这些皇陵高大雄伟、厚重大气，两千多年的风霜雨雪，让这些皇陵越发神秘悠远。其中的高祖长陵、惠帝安陵、景帝阳陵、武帝茂陵、昭帝平陵五个陵设邑建县，故名"五陵原"。生于斯长于斯的王海，在五陵原纵马驰骋，在五陵原嘶吼秦腔，在五陵原挥毫泼墨。五陵原的厚重大气，已深深地融入他的骨肉里，流淌在他的血脉中，倾泻在他的笔尖下。

"秋后的咸阳五陵原空空荡荡，南山北山尽收眼底。一阵豪迈的秦腔野唱从汉武帝的陵上传来……"不愧是五陵原上的人，写出了五陵原天生的豪迈，天生的厚重，天生的大气。就像这屹立两千多年的皇陵，举世瞩目的中国"金字塔"群，让人注目，让人仰望，让人回味。

《新姨》一书的封面，一把剪刀剪开红红的纸，露出下面苍黄的底色，仿佛揭开了五陵原这位美丽新娘的盖头。捧书阅读，读者会被曲折的情节、朴实的语言吸引，以至于忘记了时间的流逝。新姨可云坎坷的一生，跌宕起伏的命运，让读者跟着她哭，随着她笑。可云结婚第二天，丈夫旺财就被抓去当兵，她独自一人守着家，赡养公婆，抚养儿子。三十多年后，旺财回来了，才发现可云把对他的思念和爱恨全部化为剪纸，一剪一剪，剪出了震撼人心的剪纸艺术品。

王海老师在《新姨》一书中，为读者展现了一幅波澜壮阔的咸阳五陵原画卷。秋日的五陵原，有大气之美："秋收后旷野里光秃秃的，五陵原上的帝王陵墓又凸现出它往日恢宏的气势。"寒冷的冬夜，有寂静之美："夜晚天空飘起雪花，一切杂乱的声音都被这雪花覆盖，冬夜静悄悄。"初春的五陵原，有清新之美："初春的五陵原一切都是清新的，绿色覆盖了大地。"夏日的五陵原，有火热之美："夏日的阳光带着火星味，麦子上了场，男人们就火了。"书的结尾，王海老师又挥动大笔描绘起来："一阵如泣如诉的唢呐声飘荡在茂陵上空，惊醒了沉睡的人们。白茫茫的大雪覆盖了五陵原，大地白茫茫，世界白茫茫，一切颜色都被白茫茫的大雪覆盖了……"

《新姨》是本色的关中语言的智慧结晶，王海老师是用本色语言写作的代表。读者从这些朴拙的语言中，读出了特色，读出了精彩。写晚上吃过晚饭用"晚上喝罢汤"；昨天是夜个，"旺财夜个才成婚"；费神把力一词写出了费劲，"我把你费神把力地娶到炕上"；太阳成了爷，"有人说他们走的时候爷还没压山"……情景的描述，更是接地气。"夜里，寒气从地上升起，怕冷的人穿起了棉袄，溜溜风直往人的裤腿和袖筒里钻。""冬季午时的太阳像柿子红，使人打不起一点精神来。""潮湿的夜风像疾走的女人在玉米地里穿行，数百万疾走的女人在野地里形成一片杂乱的呻吟声，夜里令人胆怯，使人恐惧。"

《新姨》一书中的人物对话，简直将关中语言写活了。马轩先是推门向长辈马立本喊话："先人，旺财回来了没？"然后继续打问旺财媳妇在不。马立本生气地说："你这话说得，夜个刚过门，她不在家到哪去？"旺财母亲对儿媳可云说：

"你看咱村里剪纸人不少，但要剪出个样儿来，哪个也不胜我……村里人来找你，这就是乡修。"马上母亲听马上背见回来，嫌女方脸上有麻点，生气地说："光脸是能吃还是能喝！女人能生娃做活就行了，你要那么稀样的干啥呀？"这些鲜活的语言，贯穿在全书之中，让人越读越有味，就像咥了一碗燃面一样酣畅淋漓。

海明威曾说："寻找属于自己的句子"，陈忠实老师深以为然，并以此句作为书名，写出《白鹿原》创作手记——《寻找属于自己的句子》一书。王海老师在其长篇小说《新姨》中，找到了属于自己的句子，那就是用本色的语言写作。

（2019 年 6 月于长安龙首原）

春风化雨又吹花

——读《书中最相思》

得到孔明老师散文集《书中最相思》，我很是欢喜！他在书扉上题曰："文学如春风，化雨又吹花。"这句话真好！用它来形容《书中最相思》再恰当不过了。

以后的日子，《书中最相思》总放在我的案头，每晚阅读几篇，感受着孔明老师文字的美妙。此书以他自己的一篇散文《一孔之见》为代序，道出了他的行文特色："有感而发，一孔之见。"他说："我之文脉，就是我见、我感、我想、我爱、我说。"只此一序，就足见孔明老师的真性情。

作为书名的一篇文章《书中最相思》，真像是孔明老师的"自供状"，其"书虫"的形象跃然纸上。他说："我的宿命，或许就是读书，若其不然，由懵懂而渐解人事，书何以像阳光、空气和水一样，须臾不曾离开过我。"他的读书兴趣，始于古典文学名著《红楼梦》，《红楼梦》激发并改变了他的读书兴趣，以至"几日不读书，真就害相思"。他坦言，他"真正害相思，恐怕是从李商隐的《无题》开始的"。有时读书读恍惚了，旁人当面笑他"读书读瓜了"！

孔明老师"将一腔相思寄托在壮志里，而壮志又寄托在书里"。作为陕西人民出版社的资深编审，他"与书是今生今世结缘，见不得又离不得了"。他自称一介书生，在图书的百花园中采蜜，在文学的蚕房里吐丝，他不但采花成蜜，而且破茧而出，羽化成蝶。早在1995年、1996年，他就相继出版了《说爱》和《谈情》两本书，十来年后，他的另两本散文集《红炉白雪》和《当下最美》又一前一后问世。《书中最相思》是他新近出版的散文集，广受读者好评是自然而然的。

书中的所有篇章，让人耳目一新。诸如《读书的地方》，让我久久回味并心生向往。孔明老师说："儿时最喜欢读书的地方是菜地，又叫菜园子。夏日的早晨，我端一把躺椅，隐身菜园子里的某个角落，可以仰望太阳冉冉升起时的云蒸霞蔚，可以放眼田野丰盈冲动的此起彼伏，可以放纵青春燃烧的想入非非，可以把心安放天边的白云之上，仿佛可以与鹰一样展翅翱翔。"这样的读书地方，令我好生羡慕。在我看来，这样的读书场景，本就是一幅绝美的田园风景画。

在《美言》里，孔明老师直言："我美言，我不随便。君子平庸，我不写；才子无德，我不写；美人无趣，我不写。写动人情处，写心灵深处，写美之所以美处。"呵呵，他美言谁，竟有这多讲究。方英文先生曾赠语他："颂文无不才子，遇女尽言美人。善笔也。"他的《颂文与美人》一文，诙谐幽默，就堪称"善笔"。他坦言："如果说才子是人中精华，那么美人就是人中精灵，敬爱他（她）们是我的福分。""才子使我心灵受洗，美人使我心灵欢喜。"这样的感悟，真是别出心裁，令我惊叹不已！基于是，就不难理解他的"颂文"，绝非无原则恭维。那么，他写"颂文"的目的是什么？文章的最后一句话，给了我们答案："朋友是桥……我就是朋友的桥。"这句话，真是夫子自道，与孔明老师可以画上等号。

《书中最相思》，共计五十一篇，二十万字，可谓字字珠玑，篇篇精彩。阅读这样的文字，读者自然而然会有美的享受，在享受之余，必能引发很多思考。

读好书让人如沐春风！《书中最相思》给我的，就是这种感觉。

（2019 年 12 月于长安龙首原）

原载《阳光报》2020 年 12 月 16 日

祖籍陕西韩城县

——"秦腔第一小生"李小锋的大秦之腔

在丁酉年"世界图书与版权日"到来前夕，一个小雨霏霏的上午，我有幸参加"献给世界读书日的一份礼物"——"走进司马故里·韩城"全民阅读公益活动。

活动在孩子们朗诵的《史记·孔子世家》声中开场，活动的主角——中国戏剧"梅花奖"获得者、国家一级演员、"秦腔第一小生"李小锋登台亮相。李老师身穿黑色中山装，搭配白色衬衫，只在上装左上口袋露出装饰的红手帕一角，显得非常精神干练。

李小锋老师以经典秦腔剧《三滴血》选段"祖籍陕西韩城县"亮嗓，高亢嘹亮的大秦之腔唱起，现场近千名观众掌声雷动，大家都跟着合唱起来。"祖籍陕西韩城县，杏花村中有家园。姐弟姻缘生了变，堂上滴血蒙屈冤。姐入牢笼又逃窜，不知她逃难到哪边。为寻亲哪顾得路途遥远，登山涉水到蒲关。"在韩城唱响"祖籍陕西韩城县"的经典唱段，是再合适不过的了。

一曲唱罢，李小锋老师进行《大秦之腔与文化自信》的主题演讲。他充满自信地讲道："一个民族必须有自己的民族文化和戏曲艺术，戏曲艺术是这个民族走向成熟的标志。戏曲悟道、文化化人、艺术养心，有了戏曲的艺术和传统文化的滋养，才能真正修身养性，才会有择善固守，以待来者的根基与底气。"李老师演讲时，神态和肢体语言非常丰富，赢得大家阵阵掌声；同时配以多媒体文字及图片，非常吸引人。

李老师谈起秦腔，似有说不完的话，道不尽的情。他饱含深情地说："秦腔是中国历史上最悠久的剧种之一，最早可追溯到三千多年前的先秦时期。著名京剧四大名旦之一的程砚秋先生在《西北戏曲访问小记》中写道：'中国的戏剧……来源是起于西北。'有许多戏曲故事都发生在陕西，《王宝钏》在曲江寒窑；《杨贵妃》在临潼华清宫；《苏武牧羊》在武功；《唐玄奘》在大雁塔翻译经书。因此说，秦腔是戏曲艺术的鼻祖，是戏曲艺术的发源地，也是秦人心中的歌。秦声秦韵能够淋漓尽致地宣泄表达秦人的酸甜苦辣和喜怒哀乐。"

作为秦腔名家，李小锋老师不仅戏演得好，还有坚实的理论功底，更有对秦腔的一腔热血。他慷慨激昂地为秦腔为戏曲呐喊："我们处在一个伟大的好时代，我们应该让中国的戏曲艺术活得更有尊严，更应该心明眼亮地坚守自己的阵地，真正扎根大众，服务人民，对历史负责，对未来负责，从而寻求自己的、别人无法替代的那一片艺术天空！"李老师对秦腔艺术的责任与担当，让现场观众心潮澎湃！

李小锋老师不愧是"秦腔第一小生"，连演讲都糅合了唱念做打的功夫，让人充分领略他扎实的戏曲功底，独树一帜的"锋派"唱腔，戏曲评论界和广大观众都评价他的秦腔表演是"文武兼备、声情俱佳"。演讲结束后，李小锋老师为大家演唱了自己创作的秦腔《秦韵唐诗故乡情》，以及由他自己作词创作的《我的家乡在陕西》。浓浓故乡情，深深秦腔意。秦腔与现代歌曲的完美结合，不但让秦腔戏迷耳目一新，更是令年轻观众喜爱不已！

韩城是文史之乡，是世界历史文化名人司马迁的故乡，尚文重教的人文传统历来深厚。贾平凹先生曾说过韩城是三个最适合行走的地方之一，此次全民阅读公益活动在韩城举行，真是意义非凡！ 在韩城唱响大秦之腔，让我们以秦腔之名，向先贤致敬！ 向戏曲致敬！ 向文化致敬！

（2018 年 4 月于长安龙首原）

原载《西安日报》2020 年 7 月 4 日 7 版

大家说平凹

丁酉年盛夏的周末，友人约我去曲江贾平凹文学馆听课。以前只知有曲江书城，不知附近竟然藏有贾平凹馆，看来这个贾平凹馆和贾平凹老师一样，都喜欢大隐隐于市。

在繁华的芙蓉南路上，别致的曲江书城对面，美丽的大唐芙蓉园南门东侧，有一个青砖白墙的门脸，朱红色仿古门头，门口悬挂两盏红灯笼。锃亮的铜牌上，竖排烫着"贾平凹馆"四个繁体大字。轻扣兽首的门环，轻推原木色木门，一个雅致小巧的院落映入眼帘。左手修竹苍翠，右手红叶李暗红，红椽碧瓦、飞檐翘角的仿唐建筑，仿佛让人一步穿越回大唐盛世！

门廊入口处摆放着《贾平凹传》、《贾平凹》影集首发式及读者见面会海报，两部有分量的作品让人期待。进入室内，左手上方高悬贾平凹老师"曲池文房"墨宝，正面靠墙是一组棋盘格样书架，摆满了贾平凹老师历年各种版本的文学著作，皇皇巨著，贾平凹老师真不愧是文坛"劳模"！书架前一巨龙根雕，格外有气势，有龙行万里之势！右手靠墙一幅巨案，上面摆满了贾平凹老师小说《秦腔》人物及场景泥塑，泥塑作品形神兼备，惟妙惟肖。

陆陆续续有嘉宾、作家、热心读者来到现场，不大一会儿工夫，室内坐满了人，后排及通道站满了人，小院内也站得满满当当。尽管室内空调温度已调低，可是盛夏的下午，人挤人，人挨人，大伙都是大汗淋漓。

《贾平凹传》、《贾平凹》影集首发式及读者见面会如期开始，两部著作描述描绘的主角——贾平凹老师首先登台致辞。贾平凹虽然是著名作家，但是他的穿着却很亲民！一件黑色圆领 T 恤，搭配蓝色裤子，左手腕佩戴一枚式样简洁的手表。引起我注意的是贾老师右肘部贴有创可贴，听说贾老师正在写一部有关秦岭的长篇小说，这是劳心又劳力的艰苦写作！夏季的西安暑热难当，长时间伏案工作，可以想见右肘部的磨伤程度。

贾老师首先感谢两本书的作者孙见喜和郑文华，还有陕西人民出版社。他说："今天发行的这两本书，对我的意义也特别大，虽然我年龄也大了，但是在以后的岁月里，还得要继续努力，才能对得起这两位作者，才能对得起出版社。"一位全世界享有盛名的大作家，依然这么谦虚，现场响起了热烈的掌声。贾老师面对现场的作家、艺术家、文学爱好者，语重心长地讲道："你的文化背景有多大，你后来的发展才能有多大。如果你的文化背景是一片海，那你可能达到浪涛汹涌的境界；如果你的背景是一池水，那你可能是一潭死水；大江大河或者小流小溪，导致的情况都不一样。所以在以后的创作过程中，一定要知道自己是从哪儿来的，要到哪儿去。要有清醒的认识，要加紧努力，争取再写些东西，回报两位作者，回报出版社，回报更多的读者。"

李星老师老当益壮！他头顶苍苍白发，面露慈祥笑容，说话像和人们拉家常："我觉得人就是水里放的一根筷子，把筷子伸到碗里面，外头那截筷子，和碗里那截筷子好像折断了，就是水里面照出的李星跟社会上的李星也不一样。实际上，外界的贾平凹跟贾平凹本身也不一样。"这样的比喻让人耳目一新，也让人明白《贾平凹传》、《贾平凹》影集是对贾老师一段时期内的传记和影像记录。贾老师就像一个谜，吸引着无数的人研究他，解读他。

黄道峻经常和贾平凹老师在一起开会聊天。他满含深情地说："一本传记，一是让读者通过读传记来了解这个作者的生命历程，更重要的是为像韩鲁华老师、李震老师这样的研究者、评论家提供一个研究贾平凹的资料。为像我一样挚爱贾平凹作品的读者，提供一个更加全面地了解平凹老师的人生、哲学思想、道德思想的一个文本。"黄道峻一席话，说出了现场热心读者的心声。

这时，一位身穿赭红色连衣裙、文雅娴静的女士登台致辞，听主持人介绍她是陕西人民出版社总编辑宋亚萍。噢，原来还是我们宋家人呢！她能成为一家大的有影响力的出版社的总编辑，真是了不起！她向观众抛出了疑问，指出了途径："创作《贾平凹传》的孙见喜老师是贾平凹先生一辈子的、最忠实的朋友，但他在书中是以仰视的角度，来观察和忠实描述贾先生成长和奋斗的种种细微之处，细细读起来，那个鬼才贾平凹就活灵活现地在书页中出现了。而郑文华先生的摄影集，则把贾先生真实生活中的真实形象原原本本地呈现给了大家。看完那些照片，也许有人会疑惑，就这么一张平凡的面孔和并不健壮的身体，怎么会迸发出那么汹涌的创作力？这些疑惑，希望大家都能在这两本书中得到解答。"

雷涛老师人如其名，讲话很有气势，很有分量，评价有深度也有高度。他讲道："平凹是一座大山，也是一种力量的源泉，同时，他所释放的能量，不仅在政治界、文化界，在社会各界，都会产生反响。平凹同时也是沃土，他培育出来一批以他为主要对象的作家、摄影家、文学批评家。所以，平凹在我们中华人民共和国这一段历史上，他的文学成就，他的中国文化，他的贡献，随着时间的推移，我们会更加认识到他的价值。"

"大胡子"已经成为李震老师的标识，在浓密胡须掩映下的评论之口，不知又会吐出怎样的锦珠灿玉？他神情严肃地讲道："对于文学界来讲，传记，我觉得是做文学研究和文学批评的一个基础，第一手材料，所以这是我们陕西文坛的几个重要的收获。"随后，他严谨地评论道："贾平凹老师和孙见喜老师他们都是商洛人，这种有文化血缘的人来作传，肯定有很大的优势……那我们这种文化上的'近亲'关系，他的优势是太熟悉，太了解，一定能入乎其内，但能不能出乎其外我不知道……但我相信，孙见喜老师这么多年从《鬼才贾平凹》的写作，从这么多年对贾平凹老师的这种观察，他应该一定有更多心得体会和理解。"真是仁者见仁、智者见智呢！

两位美丽的女士，《贾平凹传》责任编辑彭莘、《贾平凹》影集责任编辑左文分别介绍出书情况。《贾平凹传》的作者孙见喜老师是贾老师的乡党、朋友，好多的人和事都是亲历亲见，由他来写贾老师再合适不过。他毫无保留地和观众分享他的创作体会："作为我个人来讲，更看重贾平凹的这么一个侧面，他所有作品都是从民间视角来描述的，你看了他的作品，他都是从民间视角来看待事件、看待人物、看待背景。第二个是他的民族文化立场。从我的角度，我抓住他的这两点，一个平民视角，一个民族文化立场，我来阐述他这样一个复合的复杂的文学体。当然也不排除后辈人写出更多的《贾平凹传》，或者其他的视角，那也是好的。"聆听孙见喜老师的一席话，当可提前了解《贾平凹传》一书的部分内容。

这时，一位身穿米白中式短褂、头戴巴拿马帽的文艺范男士接过话筒，原来他是《贾平凹》影集的作者郑文华。郑老师回忆着过往："我也是学习贾平凹老师的那种精神，我的摄影都是从微不足道的小事拍起。有张贾老师为女儿整理衣领的照片，女儿离开他要走的时候，我拍到了那一瞬间。这是一种父爱，一种父爱的表现。"此时的贾老师反倒有些不好意思，观众报以掌声和微笑。郑老师接着侃侃而谈："不管是作家、画家，只要你自信，你坚持，就能成功。'陕西文豪三人传'里面，贾老师是最后一个获得茅盾文学奖的。我说，是金子都发光，贾平凹这块金子是地下埋得最深的那一个，出来的晚一点。"

在接下来的六方对话环节，素有才子之称的张孔明老师，作为《贾平凹传》和《贾平凹》影集的策划者，他为观众讲述了这两部书的策划初衷："在陕西，如果说写贾平凹老师，我个人认为，到目前为止孙见喜是不二人选……郑文华也是我的朋友，这书里有很多摄影的资料是非常宝贵的，因为那是个胶片时代，当年的摄影其实很不方便。而且，他本人又是作协的，他有得天独厚的条件。"稍做停顿，张孔明老师继续讲道："因为传记是文字，影集是图片，相互都是不可取代的，如果摄影作品离开传记的文字内容支撑，它显然是单薄的，但是摄影作品，它对当时的图像的记录，文字也是取代不了的。这样的话，两个在客观上就互补。"

六方对话的学术主持韩鲁华先生，情绪激昂、满怀期待："中国现在不缺名作家，缺的是像歌德、曹雪芹、莎士比亚、托尔斯泰这些能对一个国家和民族几百年的文学史、文学的精神进行'缩疙瘩'式的作品。我最后用一位乡村退休教师的话总结，第一句是，'贾平凹这个人不得了'，第二句，'是千百年以后贾平凹一定会在中国历史上留下重重一笔'。"韩鲁华先生的憧憬，也是贾平凹老师一直坚持在做的事情。

捧着两部厚重的作品，听着大家说平凹，我的心充满了期待，那就是静下心来认真阅读，好好体会感悟贾平凹！

（2017 年 8 月于长安龙首原）

鱼戏莲叶间

一方清净浅淡湖泊，几株摇曳生姿芦苇，田田舒眉展眼莲叶，一枝娉娉婷婷红荷，三尾优哉游哉锦鲤，摇鳍摆尾游向藕花深处。

有微风轻柔拂过，湖水起了阵阵涟漪，芦苇晃动修长身姿，莲叶摇落晶亮清露，红荷迎风翩翩起舞，调皮的锦鲤，在湖水中忘情嬉戏。红鲤扭动曼妙身姿，恰似一尾美人鱼，欲与红荷比美！ 黑鲤好比龙王太子，勇敢搏击风浪，一心保护暗恋已久的红荷！

隐隐有《采莲曲》传来，湖水有了波动，如盖的莲叶向两边分开，一艘小船从莲叶中穿过。"荷叶罗裙一色裁，芙蓉向脸两边开。乱入池中看不见，闻歌始觉有人来。"我愿是那多情的王昌龄，愿逢着那采莲的女子，载着一船荷香，沐着一身月光，穿行在鱼儿中。我希望是那沉醉的李清照："常记溪亭日暮，沉醉不知归路。兴尽晚回舟，误入藕花深处。"争渡，争渡，惊起一湖锦鲤。

这是梦中的江南，是汉乐府的江南："江南可采莲，莲叶何田田。鱼戏莲叶间。"也是白居易的江南："江南好，风景旧曾谙；日出江花红胜火，春来江水绿如蓝。能不忆江南？"更是余光中的江南："春天，遂想起江南，遂想起多莲的湖，多菱的湖。"这梦中的江南，是莲的天堂，鱼的湖泊。

湖中的亭台楼榭，因了田田的莲叶，红红的俏荷，滑滑的锦鲤，更加生动活泼、俏丽有致。倚栏的美人，左手执团扇，右手微微舒展，投食湖中，引来大群的锦鲤争相觅食。灵动的锦鲤，摇头晃脑，摇鳍摆尾，搅得水花四溅，荷叶摇摆，荷花颤动，湖泊也被摇醒了。清澈见底的湖水，映出美人淡淡的芙蓉面，弯弯的柳叶眉，亮亮的丹凤眼，挺挺的琼瑶鼻，红红的樱桃唇。美人稍一探身，锦鲤倏忽潜入水底。莫不是"沉鱼"的西子，将鱼儿们羞得潜藏水底了？

置身《鱼跃水墨间》的画展中，站立《身在莲界万花中》的画作前，我神游天外，浮想联翩。画的作者是怎样一个人，竟将鱼画活了，那摇鳍摆尾的锦鲤，正破纸而出，向我游来。突然，我的肩头被人轻轻一拍，蓦然回首，看到发亮的额头，一对笑眯眯的眼睛，轻抿的嘴角，好似一尊大鱼头！ 再细看，竟是画的作者——长安鱼头薛涛！

（2018 年 11 月于长安龙首原）

伍 长安人家

人家

秦绣

　　刺绣的起源，据说是传说中舜曾令禹刺五彩绣。自古以来，三秦大地就是钟灵毓秀之地，生活在这片土地上的三秦女子，自然心灵手巧。她们用手中的丝线，精绣山川河流；文绣花鸟鱼虫；巧绣酸甜苦辣；细绣喜怒哀乐；锦绣人物历史。由此诞生的秦绣，是陕西民间刺绣孕育出的一朵奇葩，是陕西民间刺绣中的佼佼者。

　　陕西关中地区的女子，尤其擅长刺绣。婚丧嫁娶，孩子满月、百天、周岁等，都有精美的刺绣相伴；端阳、中秋、春节等传统节日，也是要有绣品傍身。在关中农村，一个女子长到七八岁以后，就开始接触针线了。刚开始做些缝缝补补的粗活，两三年后，等针线使用熟练了，便开始学习绣花。

绣花师傅当然就是自己的奶奶、外婆和娘了，有时还有村上绣花好的婶婶们。初学绣花的女子，一般先跟着家里长辈学绣鞋垫。她的娘做好鞋垫，最上面蒙一层白布，手把手教女子描图案花样，再教如何选线配色，最后就是针法了。初学绣花的女子，总是偷偷躲在屋子里绣花，唯恐绣得不好，遭人嘲笑。一个图案绣了拆，拆了绣；一个花瓣一会儿嫌颜色深，一会儿又嫌颜色浅……总是不满意。直到完全绣好，拿给她娘看，她娘拿着鞋垫翻过来覆过去地看，指指这儿，点点那儿，指出一堆的小问题，末了夸奖一句："我的碎女子也会绣花了！"

鞋垫绣得越发好了，女子们就开始绣一些单件的物品。刚开始用普通的面料，一般先在黑布或白布上用彩色棉线绣。她们把要绣的图案用笔轻描在布上，再用一个小小的竹质绣花撑子撑展布，然后按照布的纹理、花样选取彩线，逮空就绣。这个时候，同年龄段的女子们总爱扎到一堆，互相比着绣花，看谁绣得真、绣得巧。绣活好的女子，自是觉得高人一头。黑布上最爱绣牡丹、桃花，用来装饰在鞋头；白布上绣梅花、莲花，多用来做手帕。

绣上个三五年，手法越发熟练了，针法越发娴熟了，爱绣花的女子又开始挑战有难度的绣品了。枕套、被套、门帘，都成了女子们展示手艺的平台。给枕套上绣石榴抱子，被套上绣鸳鸯戏水，门帘上绣双鹊登梅。关于绣花的乡间民谣，是这样唱说的："拙莲花，巧牡丹，谁扎佛手是好汉！"

女子慢慢长大了，到了该说婆家的年龄，她就会给自己绣鞋垫、绣婚鞋、绣裹肚、绣嫁衣。鞋垫上绣着百年好合，垫在脚下踏实；婚鞋上绣着大红牡丹，步步生花；裹肚上是大胖小子，早生贵子；嫁衣上多是龙凤呈祥，和合之美。

我的妈妈有一双巧手，擅长秦绣。她出嫁时穿的绣花鞋，就是自己一针一线绣缝的。曾听家族里的婶婶讲过这双绣花鞋：黑色的鞋面，只在鞋头巧绣一朵红艳艳的牡丹花。牡丹绣得美极了！花瓣完美地绽开，层层叠叠的花瓣，瓣瓣形状不同，颜色有细微差异。走起路来，那鲜艳的牡丹花，就在足尖绽放，让她们好生羡慕！

妈妈的第一个孩子，也就是我的哥哥出生后，妈妈为他绣小裹肚、绣枕头。关中民间流行绣老虎枕，作为孩子满月、百天、周岁的礼物。到了那个特定的日子，邻里亲朋是要看的，还要评说谁家的媳妇绣的好，是男人的巧媳妇，是娃娃的巧妈妈。

妈妈坐完月子，就开始给她的长子绣老虎枕。她用红布做成圆柱状当老虎的身子，里面装上荞麦皮，两头绣上虎头。为了把虎头绣得更逼真，妈妈用和老虎身子同样面料、颜色的布料，用笔在布上画出虎头。然后用七种彩线，将虎的眉毛眼睛绣得很有神采，带点民间神话里的夸张成分，眉毛像喜鹊的翅膀，眼睛像凤凰的尾羽。这还不够，妈妈又将老虎鼻子做成圆锥状，外面缠绕七彩线，就像虎头上亮起一道彩虹。虎的耳朵高高竖起，妈妈用绣线扎出放射状的图案，就像虎身上皮毛的纹理。

哥哥满百天时，家里宴请宾客，邻里亲朋拥到屋里看牛牛娃。虎头虎脑的哥哥枕在虎虎生威的老虎枕上，睡得正香。邻里亲朋纷纷夸赞牛牛娃长得"虎"，夸赞娃他妈是十里八乡最巧的媳妇，是娃娃最巧的妈妈。

这个老虎枕我小时候也枕过，就好比兽中之王在我身旁保护着我，让我睡得安心，睡得甜美。大一些了，我总是喜欢看那精美的刺绣，有时候舍不得枕，反而要抱在怀里，摸着竖起来的虎耳朵，睡得又快又踏实。

除了这些实用性质的秦绣物件，还有用来做装饰画的秦绣作品。曾欣赏过秦绣大师张漪湲的一幅作品《凤凰和鸣》，真真是绚丽夺目！整幅绣品，以黑色真丝为底，用红色、金色、银色绣出一对振翅欲飞的凤凰，在火红的花朵中浴火涅槃。虽然绣品所用彩色丝线不多，但却营造出了七彩凤凰的美感。画面中央的花朵，有点像桐花，花瓣卷曲向外舒展，线条流畅，曲度柔美。让人想起《诗经·大雅·卷阿》中的吟唱："凤凰鸣矣，于彼高岗。梧桐生矣，于彼朝阳。""栽下梧桐树，引来金凤凰"，我越发相信那是桐花了。

秦绣，是三秦女子心中的诗；秦绣，是三秦女子心中的歌。美丽善良的三秦女子，绣出壮丽丽的山川河流；绣出鲜活活的花鸟鱼虫；绣出生活的酸甜苦辣；绣出人生的喜怒哀乐；绣出一个金灿灿的锦绣年华！

（2019 年 9 月于长安龙首原）

原载《西安日报》2019 年 10 月 21 日 8 版

幸福的密码

　　家乡老屋的土墙上挂着一幅镜框，里面保存着一些珍贵的黑白老照片，居中是父母的结婚照。那时的父母真的好年轻啊！照片上，父亲手握一本书，头戴绿军帽，憨憨实实的面容。他身穿黑色棉衣、棉裤，脚踏黑布鞋，棉衣在袖口翻出衬里的白边，父亲的装扮将秦人尚黑的传统体现得淋漓尽致。

　　照片上的母亲简直是青春无敌啊！虽是黑白老照片，可我曾问过母亲，知道母亲当时服饰的颜色。她用红头绳扎两条麻花辫，留着齐眉的刘海，眉目清秀，口鼻小巧，脖子上围着浅绿灰白颜色格纹棉方巾，身穿淡红色小花袄，下穿黑色棉裤，棉裤下仅露出一双绣花鞋的头，黑色鞋面，上绣大朵的红牡丹。

母亲的衣服鞋子全是她自己一针一线绣缝出来的，精致得就像秀气的母亲。父亲的衣物自然是我那过世的婆（奶奶）做的，就像憨憨笨笨的父亲。那个贫瘠的年代，父母的婚姻属于媒妁之言，没有像样的彩礼，没有繁复的仪式。好在父亲是军人，还有点津贴，就买了瓶西凤酒，来庆贺新婚之喜，祈盼喜事连连。喝了交杯酒，父亲与母亲和和美美过了一辈子。

等到儿女们长大成人后，父母不可挽回地老了，我也建立了自己的小家庭。身怀有孕后，随着预产期一天天临近，给小宝宝起名字显得越来越迫切。大名没想好，那就先起小名吧！没想到小名也不好起，一张大纸写满了无数可爱又好听的名字，但家人都各持己见，没有定论。2005 年 11 月 11 日，距北京奥运会开幕倒计时一千天之际，发布了奥运会吉祥物"福娃"。

那晚，我和家人坐在电视机前，迫不及待地观看北京奥运会吉祥物发布仪式。当五个美丽可爱的福娃亮相的时候，家人的意见一致了，不约而同地想到用福娃的名字给小宝宝起名字，既吉祥又福气，预示着福气多多。家人特意买来胸前有福娃图案的孕妇裙，腹中又怀着小福娃，我这是真真正正地纳福呢！

福娃过满月时，当然要喝福酒了。我们为亲朋好友准备了好喝的西凤酒，为孩子带来福气，为亲朋好友送去祝福。

也许是托了"奥运福娃"的福，我的小福娃健康茁壮地成长，吉祥幸福一直伴随着她。福娃五岁时，有天晚上，进卫生间，不小心被过门石绊了一下，左脸颊磕在马桶沿上，立刻就有鲜血从福娃嘴角流出。孩子疼得大哭，我要即刻送医院，可是孩子不愿去，只好在家先观察一下。睡到深夜十二点多，福娃突然浑身不自觉抖动，手脚冰凉，开灯一看，孩子左脸颊肿起老高，估计是皮下出血过多，有失血性休克先兆，我赶紧和家人紧急送福娃就医。

到医院后，值班医生第一时间检查处理。福娃左脸颊里侧颊黏膜损伤严重，出血不止，皮下积血导致脸颊高度肿胀。因损伤严重，无法缝合，医生只好给福娃口腔内塞入大量消毒棉纱来压迫止血，并给予抗休克处理。

谁能想到磕碰的后果如此严重？竟到了休克的边缘，再晚一些时间送医，后果将不堪设想。守在孩子病床旁，我不停祈祷，希望福娃遇难成祥，吉祥满满。也许上天听到了我的虔诚祈求，孩子终于平安吉祥地出院了。

父母艰难岁月中的红禧，我身怀六甲时的纳福，孩子成长中的吉祥，都让我更深地感受到中华文化的博大精深，中国汉字的无穷魅力。父母过去的艰难岁月已一去不复返，我们现在的幸福日子正如日当空照，孩子未来的美好梦想正在努力实现。

回望岁月，人生不易，幸福简单！

（2018 年 8 月于长安龙首原）

妈妈的绣花被套

那晚，我正铺床。女儿看着我的被套说："妈妈，你的被套太旧了，该换床新的了。"我深情地说："妈妈的被套是旧了点，可妈妈非常非常喜欢这个被套,还舍不得换！"女儿有点疑惑地看着我，我抚摸着淡淡的鸭蛋青色被套，还有被套上的梅花绣花图案，不由陷入深深的回忆中。

那年我考取兰州大学医学院，父母是那样高兴。整个炎热的暑假里，他们一直忙着给我准备入学的行李。妈妈专门买了上好的新疆长绒棉，给我缝制了一床厚厚的棉被，还亲手缝制一床被套并绣上精美的图案。

记得妈妈带我上街，选了一块淡淡的苹果绿布料。回家后，撑开大圆桌，量尺寸、画线、裁剪，最后缝纫。妈妈喜欢女红，缝纫、绣花样样在行。还是当姑娘时，妈妈的女红和她的容貌一样，十里八乡有名。

半天工夫，苹果绿的布料就在妈妈的巧手下变化为一床清新素雅的被套，套在新缝制的被子上一试，刚刚好。我高高兴兴地正准备叠被子，妈妈拦住了我："看把你高兴的！ 别急，女孩子家盖得太素淡了也不好，拆下来我抽空给上面绣点花。"闻听此言，我两眼放光，连声叫好："太好了！ 等开学时，大学宿舍天南海北来的同学都会羡慕我的……"

此后每天晚饭后，妈妈将大圆桌撑在卫生间给被套上绣花。七八月份，是陕西一年之中最热的时候，人热得都没处躲去，家里所有的房间，就属卫生间相对凉快一点。妈妈关节不太好，不能吹风扇，那时空调还不是很普及，所以只好躲在卫生间给我绣被套。

我在假期没啥事，就老站在旁边看。妈妈先布局选花样。在被套上方靠近头端位置，选了花开富贵，左右两侧是鱼戏莲叶和喜上梅梢，靠近脚端的位置，是傲霜秋菊。妈妈先拿了花样，用复写纸和铅笔轻轻将图案描在布上。我很好奇，学着妈妈的样子也描画了几笔，看妈妈画得很流畅，自己却掌握不好轻重。重了，纸戳破了，复写纸将被套染脏了；轻了，又描不上，绣的时候就不好绣。看着妈妈画，我忍不住夸赞道："妈妈，你没有学美术，真是可惜了！"妈妈怔怔地想了一会儿才说："我们那时条件不好，女孩子能上学不当文盲就已经很好了，哪还敢挑三拣四？ 现在条件好了，你到了大学要好好学，别学那些疯丫头贪玩！"我诺诺连声地答应着。

画好花样，妈妈取出她的绣花包袱，根据图样配各色绣花线，然后用竹制的绣花撑子撑起要绣的部位，穿好针后一针一线地绣起来。灵巧的双手在绣花撑子上下翻飞，往下扎一针，再从下方往上穿一针，看得人眼花缭乱，我这才感悟到什么叫飞针走线！ 看得眼热，遂央求妈妈一试。妈妈将针线和绣花撑子递给我，我学着妈妈的样子，挨着前面绣的针脚，往下扎一针，可惜针脚扎歪了；又往上穿一针，可怎么也找不到紧挨着的针脚处，针头冒一下，位置不对退出，再冒一下，仍不对……"哎呀！"左手大拇指被绣花针扎了。妈妈拿走绣花撑子，笑咪咪地看我用嘴吮吸小血珠，嗔怪道："别看你的手指又细又长，其实是个'铁匠'，绣不了花的。"我也知道自己不是绣花的料，只好专心看妈妈绣花。

半个多钟头过去了，花开富贵花样中牡丹的一片花瓣才绣好。妈妈明明只用了一种红色，为什么这片牡丹花瓣却给人感觉是几种不同的红色丝线绣成的？ 而且从底部到花瓣顶端是由浅及深的红色？ 我将我的疑问说给妈妈听，妈妈将绣花针在乌黑浓密的头发间划了两下，头也不抬地回答我："傻丫头！ 那是针法的原因啊！ 色浅的地方绣得疏，色深的地方绣得密，每一针的针脚之间的长度也不一样，这样就会更自然。""噢！"我似懂非懂地点点头。

夜渐渐深了，我瞌睡得直打哈欠。花开富贵是一个大花篮里盛满了五颜六色的鲜花，除过鲜花，就是那精美的花篮和娇艳的蝴蝶也不好绣啊！我不由想到赶开学前一定绣不好了，遂有点心急地问："我的娘呀！被套什么时候才能绣好啊？"妈妈含笑看着我："放心！快去睡觉，赶你开学前一定绣好！"我揉着惺忪的双眼，半信半疑地去睡了。也不知妈妈绣到多晚，只知道第二天早晨，妈妈满脸倦容，乌黑晶亮的眼睛也没有以往明亮了，出现了红血丝。

就这样，在整个炎热的暑假里，我的妈妈天天晚上坐在卫生间给我绣被套。一朵两朵三朵，一枝两枝三枝，一片两片三片，花、枝、叶在妈妈的手下像变戏法一样一点一滴在变化，不变的是卫生间泛黄的灯光。开学前两天，被套终于绣好了，妈妈却熬瘦了，眼睛深陷，血丝满布，可她的心情格外好。她忙不迭地给女儿展示自己的劳动成果。被套上，妈妈把日月星辰绣入，把春夏秋冬绣入，更把对女儿的爱意和牵挂绣入。花开富贵，满篮春色，美得炫目，竟引来一只粉黄的蝴蝶翩翩起舞；鱼戏莲叶，动感十足，摇鳍摆尾的锦鲤，悠然穿行在亭亭的荷叶间，时不时地偷吻一下俊俏的红荷；傲霜秋菊，花团锦簇，低矮的篱笆，圈不住朵朵压枝低的秋意秋色；喜上梅梢枝干苍劲，瓣红蕊黄，引人遐思，是梅花太香了吧？此情此景，令我不由想到宋代卢梅坡的诗句："梅须逊雪三分白，雪却输梅一段香。"妈妈当然是不知道这诗句的，当我把这句诗讲给妈妈听，她是那样的骄傲和自豪："俺闺女不愧是大学生！懂的就是多！"这就是妈妈，我在夸她绣得好，她却看不到自己，想不到自己酷暑中的辛劳，只想到女儿的优秀。

离开母亲，离开陕西，我带着妈妈满满的暖暖的爱来到大学，来到甘肃。正如我所期望的，妈妈做的绣花被套惊艳了舍友们的眼睛，每个到宿舍来的人都会将目光停留在我的被套上。我也知道我有一床独一无二的精美被套，每每叠被时，总是将"春夏秋冬"的美丽图案叠放在最上面，让它在简朴的宿舍里增添一种温情的亮色！

这床被套带着妈妈的爱和牵挂陪伴了我的大学五年时光，它见证了我最美的青春年华；陪伴了我的八年军医生涯，目睹了铿锵玫瑰绽放火热的军营；陪伴了我的十年公务旅程，眼见我由青涩到成熟。

现在的我，也已为人母，有了美丽聪慧的女儿。她听我讲述着一床绣花被套的前尘往事，眼里闪着羡慕的亮光。她拉着胳膊央求我："妈妈、妈妈，你也给我绣一床被套呗！"我满面惭愧："妈妈没有姥姥那样的巧手，绣不了花，不如将这床绣花被套转送给你？"女儿心满意足地盖上绣花被套，进入了梦乡。

经过岁月的磨洗，尽管妈妈的绣花被套渐渐由淡淡的苹果绿变为浅浅的鸭蛋青，美丽的"春夏秋冬"绣花也没那么鲜亮了，有的地方绣线已经磨断，可我依然是那么喜爱它！在我眼里，它不仅仅是一床精美的绣花被套，它更是饱含妈妈爱意、温情、牵挂的丝网，时刻将我笼罩，时刻将我包裹！

多少年来，抚摸着绣花被套，虽然远离父母，我却不再感到寒冷孤单；触摸着绣花丝线，忆起火热军营，我仿佛已百炼成钢；浅拥绣花棉被入怀，时常念起妈妈怀抱的柔软温暖；轻盖绣花棉被在身，梦里都是妈妈的味道。

现在，妈妈已不再年轻。对家庭对子女的爱，白了她的发，皱了她的面，弯了她的腰，蹒跚了她的脚步。可在我心里，她依然像年轻时那么美！她那条乌黑油亮的大辫子，她那明亮的眼睛，还有她那温柔的笑容，早已在我的脑海里定格为永恒，就像那床陪伴我的绣花被套一样美、一样光彩照人！

（2017 年母亲节于长安龙首原）

七夕节里的母亲

成家立业后，最盼母亲来，又最怕母亲来。盼母亲来，母亲来了，我就心安，女儿就开心；怕母亲来，母亲来了，我就担心母亲受累，自己挨批评。

有一年七夕，我晚上下班回到家，发现地面一尘不染，厨房灶具光洁如新，晾晒阳台上悬挂着新清洗的衣物……不用说，肯定是母亲悄摸摸来了。果不其然，母亲正在洗手间洗洗涮涮。

我赶紧夺过母亲正在清洗的抹布，让母亲去休息，我自己来。女儿看姥姥来了，一把抱住姥姥，撒娇地说："姥姥，你怎么才来呀？我都快想死你了！"顺势搂抱着母亲往沙发去休息。

母亲坐在沙发上，显得有些疲惫。摸摸女儿的头，揣揣女儿的手，看看个头，问问学习。我洗完抹布，出去陪母亲坐坐。我知道，我挨批评的时间到了。母亲轻拍着女儿的手，眼睛却看向我，语重心长地对我说："我也知道你上班忙，还要管娃学习，没时间打扫收拾家。但也不能光等周末呀，每天晚上，做过晚饭，随手擦灶台，留点时间拖拖地，这样天天都很干净，周末也不累。"

我真真是羞愧难当！"妈说得对！就按你说的来！"我信誓旦旦地保证着。母亲每回来，每回都要说到这个问题，我总是应承得好好的，实则很少落实，还是按自己的习惯周末统一打扫清洗，日常的时间会看看图书，写写文字。

很快，母亲的目光被女儿的校服裙吸引了。孩子的校服裙有点宽大，有点过长，我就自己动手，凑合着给她把裙腰往进缝了点，裙摆往短的缝了缝。自己的针线功夫自己知道，哪能和巧手的母亲比？　母亲当姑娘时，可是远近有名的巧姑娘，除过裁剪缝纫之外，更绣得一手好秦绣，绣得花鸟鱼虫鲜活活的。

母亲叹了口气："你说，我咋就生了你这么个笨手笨脚的女子？"挥着手好像不愿看到我似的，让我去取针线包。我小声嘀咕着："我们同辈的女孩子里面，我还算会点针线的，有些连针都没捉过。"当然这话不能让母亲听到。

母亲戴上老花镜，选好同色系的丝线，穿针、引线、挽结的动作一气呵成。拆除了我原来的粗糙缝线，母亲细心地用手将校服裙边往内侧折进去 1 厘米，并用指甲抠平，然后用细细的针脚缝边。缝好后，外边看不出来针脚，比缝边机缝的还好。

女儿看着姥姥做针线活，小嘴不停地问东问西："姥姥，你的针线活谁教的？ 怎么这么好？"母亲透过老花镜片，看着女儿："姥姥六七岁的时候，就开始做针线活了。也没人教，就是看大人咋缝咋绣，自己就琢磨咋用针使线，慢慢地就越来越好喽！"

"那我妈妈成天看你做针线活呢，还是没有学会。"女儿故意扮出满脸嫌弃状。

"你妈妈一天光忙着学习了，哪有时间看我做针线活？她呀，就是个'铁匠'！"有着美丽绣娘之称的妈妈，自然是看不上我的针线活的。"不像我的小外孙女，两三岁的时候，小小的一点点大，就成天拿线穿针缝纸玩，天天喊着要'缝针针'。我的小孙女长大了，一定是巧女子！"母亲宠溺地挨挨女儿的小脸。

"噢！ 对了，姥姥小时候向织女乞过巧，所以比你妈妈巧！"母亲用手指点了一下女儿的额头。

女儿揉揉额头继续追问："姥姥，啥是乞巧啊？"

"牛郎织女的故事听过吧？ 就是每年农历七月七过七夕，牛郎织女鹊桥相会时，女孩子们'比巧芽'，向织女乞巧，这样就会心灵手巧啊！"母亲笑眯眯地看着女儿。

"比巧芽？ 比巧芽？"女儿想不明白。

"你当然不知道了。'比巧芽'就是在农历六月六晒上一碗豌豆，然后用井水泡上，放在既通风又不让太阳直射的地方让它生芽苗，这芽苗就叫巧芽。七夕当天下午，姑娘们把自己精心发制的'巧芽'拿出来展示，并掐取最细最长的芽来穿针。巧芽能穿针的姑娘，就是心灵手巧的姑娘；若穿不了针，就是心愚手笨的姑娘。"

母亲说这番话的时候，手底下并没有停。她先用手量了量女儿的腰围，把裙腰两侧缝线拆开，往窄的让了一些，然后麻利地飞针走线。不一会儿，裙腰也缝改好了。女儿一试，宽窄、长短刚刚好。

晚上，母亲专门准备了鲜花和水果，叫我和女儿一同向织女乞巧。母亲低声念叨着：乞手巧，乞貌巧；乞心通，乞颜容；乞我爹娘千百岁；乞我姊妹千万年。我双手合十向着夜空和银河祈祷：愿我和女儿能像母亲一样心灵手巧！ 女儿也很虔诚，不过她的愿望许在心里，对我和她姥姥保密。

日复一日，年复一年，我们一家三辈的女人，都奔波在生活学习的路上。我曾说过母亲有一双巧手，擅长秦绣。结婚时，她送我的绣花鞋垫，上面精心绣着凤凰和牡丹，寄托着母亲的美好祝愿。绣花鞋垫实在是太精美了，我一直舍不得用，更舍不得垫在脚下。最近不知瘦了还是鞋被孩子故意穿着踩松了，竟兜不住脚。我取出一直舍不得用的绣花鞋垫，铺上刚刚好。母亲，您是一直希望我用的吧？ 希望它能保护我的脚，而不是只发挥它的观赏价值。

父亲过世后，母亲一下子老了。手也抖，眼也花，怕是绣不了花了，只好做做其他针线活。听闻我有可能要搬家，母亲冒着三伏天的酷热，买来上好的新疆长绒棉，忍着腰酸腿疼，跪在地板上，为我赶制新的褥子和被子。

母亲低着头，两侧的头发垂下来，额头的汗水顺着头发、脸庞不断流下来。母亲多次抬起老花镜，用手帕擦擦眼睛擦擦脸；有时转转脖子仰仰头；不时抬手捶捶腰。因跪在地上时间太长，缝完后，母亲半天直不起腰，也站不起来。

新褥子和被子被母亲细心地包裹在老粗布单子里，那老粗布还是我那小脚的慈祥外婆活着时织的，母亲一直舍不得用，这次也一并给了我。我何时搬家还是个未知数呢，母亲却想着趁她能干动活的时候，替我把被褥缝好，省得她那"拿不了绣花针的女儿"缝不了。

又快到一年七夕了，不知母亲最近可好？我的女儿如母亲所愿，是那样心灵手巧！只有我这个不争气的母亲的女儿，没有遗传母亲的巧手，一直深以为憾！

"迢迢牵牛星，皎皎河汉女。纤纤擢素手，札札弄机杼。"是时候接母亲来呀，和女儿一起乞巧，一起学绣花，别让母亲的绣艺在我们这里失传了。

"河汉清且浅，相去复几许。盈盈一水间，脉脉不得语。"想起七夕，想起母亲，七夕何夕，今夕又何夕。

（2018 年 8 月于长安龙首原）

原载《西安晚报》2019 年 8 月 3 日 10 版

妈妈的年夜饭

　　三十多年未曾在老家过年了，己亥年春节，因要给过世的父亲"过新陵"，全家老少回老家过年。我的老家在陕西关中，年俗有大年三十晚上"守岁"吃年夜饭，正月初一"串门子"，正月初二"过新陵"等。

　　大年三十，妈妈总是清早刚起床就忙活起来。煮好肉，清洗好鱼虾，择好青菜，备好葱姜蒜，为年夜饭做准备。下午四时许，妈妈开始炸带鱼，儿孙辈们爱吃炸带鱼，这个时候也就不管什么油炸食品不健康之类的禁忌了。提前煮好的肘子肉、牛腱子肉，切成薄片，放点葱丝、蒜片、姜末，用香醋香油一拌，味道美得很！莲藕、黄瓜切片，调成蒜汁子味。苦菊要焯拌，以保持其原始风味。现如今，人们注重养生保健，吃的都清淡了，鲈鱼、基围虾清蒸，土鸡清煮成白斩鸡，关键要调好料汁。八宝甜米上笼蒸熟蒸透，出锅后撒少许白砂糖。用蒜茸清炒娃娃菜，蒜薹配木耳爆炒，爽口又爽心。

晚上6点，年夜饭的各样菜看上桌了。清蒸鲈鱼居中，白斩鸡、炸带鱼、基围虾环绕，八宝甜米、凉拌牛肉、焯拌苦菊、蒜薹炒木耳、凉拌莲藕、葱拌凉肉、蒜蓉娃娃菜、蒜片黄瓜相围，团团圆圆一桌年夜饭，荤素搭配，凉热相间，色香味俱全。

在开始动筷子之前，妈妈给几个盘子和碗里分别夹了父亲爱吃的饭菜，她带领儿孙们给父亲上香、献饭。妈妈眼里噙着泪，嘴唇哆嗦着："老宋，过年了，做了你爱吃的饭，快回来吃一点。娃们都孝顺、争气，你放心！"想起去年的团圆夜，一家老小还是十一口人，今年过年就少了父亲，跪下磕头时，我的眼泪扑簌簌往下流。

妈妈擦干泪，鼓励儿孙们："好了，把眼泪擦干！你爸在另一个世界看着呢，咱把日子过好了，就是对你爸最好的怀念！好好过年，你爸也就能好好过年！"我们擦净眼泪，收拾好心情，过年！

全家人团团围坐在圆桌旁，吃妈妈做的年夜饭，这顿饭才有年的味道，家的味道。我挟了一片葱拌凉肉放进嘴里，细细品尝，还是儿时的味道，就不由说起这道菜，因为这道菜年年都有。"妈，我看咱家餐桌上年年都有葱拌凉肉，这是有啥讲究吗?"这个问题我一直想问。

妈妈放下筷子,用手拢拢头发,陷入沉思回忆中:"葱拌凉肉是咱关中席面上必上的一道菜。20世纪70年代,人过得穷苦,平时很少吃肉,只在过年时割上三五斤肉。""奶奶,三五斤肉有多少?"侄儿有些好奇。"三五斤肉大概就有这么一点",妈妈用手聚成个排球状比画了一下。"就这几斤肉,还要想好哪些剁饺子馅,哪些用来煮熟放凉做凉拌肉。""姥姥,你们那时候年夜饭都有哪些菜呀?"女儿抢着问。

"哎!"妈妈叹口气,"那时候,还能有啥菜? 就是些萝卜、白菜、洋芋,再就是腌的酸菜。肉分出一点,用来做萝卜肉馅的饺子,剩下的肥膘用来炼点大油炒菜,肥瘦相间的煮熟放凉做凉拌肉。""那到底是几个菜?"女儿吃着八宝甜米继续追问。妈妈喝口酸奶,眼睛看着她的外孙女,语调低沉喑哑:"一般都是凉拌豆芽、葱拌凉肉、蒸甜饭、酸菜炒粉条、炒豆腐、萝卜白菜洋芋炖肉片。日子再不好过的人家,过年时也要割点肉,做葱拌凉肉,这才像过年的样子。"

听妈妈说起70年代的年夜饭,孙子辈们都觉得不可思议。"妈,我还记得80年代末,咱在新疆乌鲁木齐过年时的年夜饭呢。"我也被妈妈的回忆感染了,想起了小时候,想起曾经在关外的生活。"得是? 那你给你侄娃子、你女子说一说。"我的话勾起了妈妈的兴致。"我记得好像有大盘鸡、孜然羊肉、红烧鱼、凉拌三丝、松花蛋。"我故意学着动画片里一休哥的样子揉着太阳穴回想。"还有炸带鱼、葱拌凉肉、蒜薹炒肉、甜米、凉拌豆芽。 可不能少了葱拌凉肉，这是咱家乡的特色菜。"哥哥也加入了年夜饭的话题。"对，和陕西不同，多了大盘鸡和孜然羊肉。新疆青菜贵，只买了蒜苔，孜然羊肉要多放点孜然，用羊羔子肉爆炒，香得很！"妈妈回味着孜然羊肉的独特香味。

说到这里，妈妈端杯站起来，略微有些激动："咱们的日子越过越好咧，年夜饭越来越丰盛，儿女们成人成才，孙子辈们健康成长，这就是最大的幸福！ 来，干杯！"儿女们、孙子孙女们都高高举起杯，十只杯子聚拢在一起，大家齐声欢呼"干杯！"

（2019 年春节于长安龙首原）

杏花雨

清明时节的雨啊，纷纷扬扬、飘飘洒洒。家乡老宅院里的杏花红了，梨花白了，杏花雨、梨花泪都在提醒着我们，要给父亲过三周年了。母亲从一个月前就开始联系家乡负责过三周年的服务队，跟人家约定时间、地点、席面等琐碎事宜。因为她知道儿女们都在城里忙于工作，对家乡的风俗已不太熟悉，她多操点心，以期父亲的三周年祭奠顺利圆满。

父亲是地地道道的关中人，关中是炎黄始祖的发祥地，丧葬文化悠久而厚重。给父亲过三周年，在我看来，其实就是给故去的父亲过节。告诉他妻儿想着他、念着他，也告诉他妻儿过得好着呢，让他安心。小时候的我，成天盼望着过节，可自从父亲故去，我就不再盼了。

自丙申年夏天父亲不慎摔伤住院开始，期间经历两次大手术，中秋节出院，我就患上了盼望过节综合征。中秋盼完盼国庆，国庆盼完盼重阳，丁酉年春节也在我的热切期盼中姗姗而来。两次大手术让父亲彻底伤了元气，体内一些潜伏的"坏分子"开始出来捣乱，又陆续添了新的病症。

外伤算是抢救回一条命，这个新病症却是要命的。医学知识告诉我，目前没有好办法，连百分之一的期望都很渺茫，可我和家人依然抱着百分之百的希望。清明、端午，中秋、重阳……我像雄鹰盼望着蓝天，蛟龙盼望着深海，花儿盼望着阳春，红叶盼望着金秋，盼望着每一个节日。

父亲在频繁的住院与出院中，度着有限的饱受病痛折磨的日月，我和家人也在对每一个节日的殷切期盼中，想方设法延续着父亲的生命。父亲每多过一个节，我就觉得这个节日真好，父亲又多活了一段时日，即便这个节是在医院中度过的。

丁酉年清明，我陪父亲在医院中度过。强烈的治疗反应，让父亲多次高烧到40℃以上，嘴里仍念叨着要给我爷我奶上坟。母亲拗不过父亲，担着心赶回家给我爷我奶上坟。治疗的副作用很重，打嗝、恶心、呕吐，可父亲顽强地忍受着这些，坚强地和病魔做着斗争。还在跟我说等出院了，要趁着清明赶快回家乡点瓜种豆，把小菜园务弄好，夏季儿女们回去，就有新鲜的黄瓜、西红柿吃。他看着虚弱，说起将来眼里倒闪着亮光。自己病得如此之重，还在操心着儿女。

坚持到过完劳动节，父亲又住进了医院。这两年，医院的门槛我迈得太多，实在不想再迈了。想想父亲，医院也是进得实在不想再进了。周末，我一如既往地到医院陪护。安顿父亲吃过早餐，做上治疗，父亲就迷迷糊糊睡了。我坐在病床旁，一边看着输液瓶，一边写着自己喜爱的文字。父亲翻个身，睁开眼看看我，摇摇头又睡了。过了一会儿，父亲不放心，又睁眼看着我，关心地询问："女子，你成天写啥呢？"我怕他为我担心，赶忙回答："写点自己想写的东西。"父亲重重地叹口气："你平时上班忙，周末还要来医院照顾我，我睡着了你也抽空歇一会儿，别累病了……"看着虚弱的父亲，瞅着他关切的目光，我听话地收起正写的文稿，趴在病床旁假寐，心里却在翻江倒海。我正写的文稿，与父亲有关，后来这篇文章发表在陕西省级报刊上。好多朋友打来电话，说把他们看哭了，可父亲不知道，他没有看过，我也从未说过。

出院后的端午节，是在家过的，父亲身体状况还行。我们和母亲都很珍惜这个节日，多年不自己动手包粽子了，可这次母亲想亲手包粽子给父亲吃。母亲巴巴地跑去湖边采来新鲜的芦苇叶，泡好糯米和红枣，用心地包裹成正四角形的小巧糯米红枣粽，细心地缠好五彩丝线。父亲坐在旁边，看着母亲包粽子。母亲顺手将包好的一颗粽子递给父亲，父亲提着粽子的五彩丝线，左右端详，就像在欣赏一颗珍宝。

粽子煮好了，家里弥漫着芦苇叶的清香和糯米的香甜。母亲顾不得烫手，先给父亲剥了一颗放在青花瓷盘中，浇上甜甜的桂花蜜。父亲用小勺一口一口细细地品尝，就像在品尝他所剩不多的余生。

盛夏时节，父亲在极其不情愿中，被家人再次送进医院，接受又一次的复查治疗。这次的治疗效果不理想，父亲的病情每况愈下，他深深地感到了绝望，我和家人也看不清未来。

看着病床上日渐消瘦的父亲，忍受着病痛的折磨，我的心就像在撕扯。既天真地抱着幻想，希望出现医学奇迹；又狠心地戳破泡沫，希望父亲不再受痛苦。我痛恨自己所学的医学知识，更痛恨自己的冷静与理性。我只是不想父亲再忍受病痛折磨，有时，安乐死的念头就会浮上脑海。仅只这么一闪念，我就会立即深刻检讨自己，为自己的"不孝"羞愧！

真是想尽了一切办法啊，我们在尽最大可能延续父亲的生命。国庆长假，我哪儿也没敢去，扎扎实实在家陪护父亲。父亲依然处于卧床状态，我坐在他床头旁，握着他浮肿的手，心里难受得什么也说不出。鬼魅般的念头挥之不去，总担心某一天父亲会突然离开。这念头让我害怕，遂让母亲给我和父亲拍了张合影，想把父亲长长久久留下来。

握着父亲的手，我心里却在盼着春节。戊戌年春节终于来了，大年初一，父亲穿上嫂子买的大红丝缎唐装，硬撑着和家人合了影，露出久违的浅笑。他也少有地吃了点饭菜，不似平时小鸟般的饭量。坚持着坚持着，挨过了元宵，父亲又躺到了医院的病床上。

为了预防褥疮，我调好温水给父亲擦澡。父亲不情愿，难为情，非要等我母亲或哥哥来。我深深地理解他，当了一辈子大男人，要强惯了。"爸，我们小的时候，您不是也给我们洗过澡？现在您动不了，就让儿女来照顾您！"我柔声劝着他，他闭上眼默许了。

父亲已瘦成一把干柴了。全身的骨头都支楞着，上面覆着皱巴巴的黑黄皮肤。温热的毛巾擦洗过面庞，父亲微微地颤抖，轻闭的眼角，有混浊的泪溢出。擦洗身体时，隔着毛巾我都能触到父亲刀锋样的骨头，硌得手疼。其实我的心更疼，曾经健壮如牛的父亲，已经衰弱到如此地步！

给父亲擦着澡，小时候父亲给我洗澡的情形猛然撞入心头。我以为那时小，不会有太多记忆，可记忆还是潮水般涌来，让我猝不及防。记得是一个炎热的夏季，父亲用院子里的大铝盆晒了一大盆热水，母亲忙着做饭顾不上给我洗澡，父亲就笨手笨脚地给我洗澡。澡洗没洗干净不知道，反正只记得最后澡盆里的水，基本上都打了水仗。父亲给我洗完澡，梳顺头发，把我抱到床上坐好，取出笛子给我吹奏一首非常好听的乐曲，后来才知那是陕北民歌《东方红》。

"东方红，太阳升"，可父亲的生命已步入倒计时，正日薄西山。我那不争气的泪又涌了上来，"吧嗒、吧嗒"滴落在父亲胸口，也许滚烫的泪灼痛了父亲，他的胸膛也剧烈起伏着。

积极的治疗，已经不起任何作用，父亲渐渐进入嗜睡迷糊状态，他的心愿是叶落归根。在治疗无效的情况下，家人不得不放弃治疗，送父亲回乡。父亲时而清醒，时而迷糊，不愿多说一个字，只知道他想见的人都见到了，他已了无牵挂。清明时节，父亲安然离世。

父亲啊，清明是专门给自己选的日子吗？ 选在了中华儿女祭祖和扫墓的日子。父亲也知道儿女们都忙，请假不易。即便离开，他心里想的都是家人。清明啊，你总是这么多雨，那倾盆的雨是家人不舍的泪海；那一地杏花啊，是那般残红，那是家人泣血的哀痛；那一树梨花啊，是那样雪白，那是孝子贤孙为父亲戴的漫天白孝。

盼啊盼啊，终于盼来了清明。岁岁清明，今又清明。可父亲永远地离开了，从此以后，我也不再盼了。

（2018 年清明于长安龙首原）

以《女儿的期盼》为题，入选 2018 年《未央文学作品集》

搅团痣

去年，父亲患病。

最初，诊断结果是瞒着他的，可曾经当过卫生员的父亲隐约猜到了。他总是想方设法套我们的话，我们只能避开不谈。

周六早晨，我到医院替换母亲。一进病房，就发现父亲情绪低落，问他早饭想吃啥也不吭声，买来早饭怎么劝也不吃。后来才知道，父亲趁我们都不在的时候，将诊断结果翻箱倒柜找出来了。之前他虽然有预感，但还心存希望，现在连那点希望也破灭了，精神似乎一下子垮了。无论我怎么开导，父亲都不吃早饭。母亲闻知，刚进家门又返回医院。爱人听后想了想说，午饭他来负责，保管父亲爱吃。

中午十二点半，爱人提着饭匆匆进来了。放下餐盒就笑着对父亲说："爸，我今天发现了一家店，古香古色的，非常有特色！"父亲漫不经心地问："是个啥店？"

爱人朝我挤挤眼，好似在说"瞧好吧"。接着对父亲说："我也好奇，走近一看，原来是家搅团店。"父亲无精打采地接话："真想不明白，搅团有啥好吃的？""爸，你可别说，这家店还真有点特别，主打搅团，还有咱陕西本地家常菜，最有特色的是它的镇店之宝——"黄金万两"。等您出院了，我们带您去吃。"

爱人的话语，勾起了父亲的兴致。我适时打开餐盒，递到父亲手里。父亲一看，原来是酸汤搅团。也许是饿了，也许是看在女婿辛苦提来的份上，父亲终于动筷子了。因为饱受病痛困扰，又得知了病情，父亲胃口很差；陪病号久了，母亲也是食欲不振。看着虽不是什么山珍海味的搅团，两人都露出难得的笑容。老人心情好了，胃口也就好了，再加之酸汤佐味，倒也吃得有滋有味！

一个月眨眼即逝，第二个疗程的治疗又开始了。痛苦的治疗，强烈的药物反应，使得父亲吃不下，肠道也不通畅。爱人和我商量："看上次爸吃搅团还有点胃口，不行咱自己打搅团给爸送去？"

经过一番劳作，终于将搅团打好送到了医院。父亲打开饭盒，将炒好的春韭葱花西红柿酱放入，浇入蒜汁子，舀了一小勺，送入口中。我满怀期待地看着父亲咂着嘴品尝，一会儿点点头，一会儿摇摇头。过了一会儿，我看到父亲的眼角有点潮湿，他抬起头，看着我和爱人，缓缓说道："搅团不错，快赶上你妈的手艺了！ 以后别做了，俗话说'搅团好吃锅难洗'，你俩上班都忙，做搅团太费时间了，下班了还得跑医院照顾我，太辛苦了……"

父亲吃完，我准备去洗饭盒。他突然盯着我的脸问："脸上咋红了一坨？"我当然不能说是打搅团时烫的，只好撒谎说不小心碰到墙拐角了。母亲听到后也盯着我的脸看，我只能借故洗碗躲出去。

后来，母亲看到我脸上的小黑豆大的色素沉着斑，惊奇地问："我记得你脸上这里没痣啊？ 什么时候长的？"躺在病床上的父亲也说以前没有啊。细心的父亲母亲，女儿的一举一动你们都关注着，女儿的一点一滴你们都留意着，却唯独不关心自己！ 想到父亲的病痛，母亲的辛劳，我不由心痛难忍……

接着，第三个疗程及后续保护支持治疗结束。暂时出院后，我们专门陪父母来到那家搅团店，点了"黄金万两"和一些特色菜。

温馨的环境让两位老人心情大好，吃得很舒心。以前陪父亲的日子，可以用年计算，可现在我哀伤地感到，以后恐怕要用月，甚或用日来计算了。

想到这里，左眼下方烫伤的皮肤无端地灼痛起来，那是泪滴刚刚滑落过的地方。夜色是多好的伪装啊！ 我又该是多好的"演员"啊！ 父母可能不知道，我含泪微笑的背后，心底是何等的波涛汹涌!

父亲母亲留意到的那颗痣,不是普普通通的痣,他们哪里知道这是一颗搅团痣啊!

这颗搅团痣,像一颗泪滴,可能要永久地挂在我的眼睑下了。

(2017 年 4 月 25 日于长安龙首原)

原载《陕西工人报》2017 年 7 月 16 日副刊

陆 长安畅想

畅想

书香陪伴孩子成长

美国诗人史斯克兰·吉利兰在《阅读的妈妈》一书中写道：

你或幸运　发现宝藏　黄金成堆　珠宝满堂
你我比来　仍是我富　因有慈母　为我读书

当我将这段话读给女儿听的时候，我俩正舒适地躺在床上，进行睡前的读书和讲故事环节。也许受到我和孩子爸爸的影响，女儿打小爱看书。

现在女儿记忆中最经典的故事依然是《爱攀比的呼噜猪》，这个故事是在女儿快两岁时，我讲给她听的，而且她百听不厌。小家伙每天晚上临睡前，都会摇着我的胳膊撒娇："妈妈，妈妈，讲呼噜猪，讲呼噜猪！"我笑称她是 nang nang 猪，女儿由此又多了一个小名。

你听，故事开讲了：

幼儿园里真热闹，小朋友们做早操。草莓兔戴顶花草帽，大家都说好。

呼噜猪，哭又闹，追着妈妈说："我要，我要，我要草莓兔的小花帽！"妈妈买了小花帽。

小猪戴上小花帽，脑袋胖又大，帽子瘦又小，好丑，好丑，小猪受嘲笑……

听的次数多了，女儿和我将呼噜猪的故事都能倒背如流。每次讲到"小猪穿上小瘦裤，屁股大，腰身粗，'哧'的一声，撑破了小瘦裤，露出了胖屁股。好羞，好羞，羞得小猪打呼噜"时，女儿和我总是异口同声地讲，同时笑得咯咯咯的。

以后每每想起，心里总是充满温馨与幸福。父母陪伴孩子读书，陪伴孩子成长，是什么都替代不了的，所给予孩子的，也是永生难忘的！ 那么，我们的父母该怎样培养孩子的阅读习惯呢？

首先多买书读。在女儿很小的时候，我就开始给她买书读。从最开始的图画书、彩图拼音书，到后面的文字彩图版、纯文字版；从《三字经》《百家姓》到童话书、故事书，再到世界名著，如《西游记》《爱的教育》《格列佛游记》等，女儿渐渐爱上了阅读，我也和孩子一起重温了这些经典，受益匪浅。

其次多借书读。女儿上小学后，为了增大孩子的阅读量，开阔孩子眼界，我和孩子在西安市图书馆办理了借阅卡，每周定期去看书。后来，又固定每月借四本书回家阅读。每天晚上，做完作业，你总能看到孩子捧本书如痴如醉地读。万家灯火中，我家的灯光下，总能看到一家三口人各自捧书阅读的温馨画面。

然后多"蹭"书读。其实"蹭"书读的过程，也是选书的过程，临走时总会选购几本。现在，图书馆少儿阅读区的图书已远远不能满足孩子对知识的渴望，随后我们一家三口又出现在大大小小的书店中。新华书店是我们常去的地方，因为那里书籍品类齐全。每周日，我们去新华书店蹭书看。有一次，看到作家林海音的《城南旧事》，其中有一篇《窃读记》，让人印象深刻。讲了小英子为了看书，经常到书店蹭书看，有一次被店老板言语奚落，心灵很受伤，导致很长一段时间不敢进书店，后来受书籍吸引又走进书店，其中一本畅销书分好几次来看，每次都担心卖掉看不到。那天小英子又来蹭书看，结果在书架上东瞅瞅、西瞧瞧，怎么也找不到，原来是好心的售货员专门收起来晚点卖，以方便她阅读。故事的结局很美好，让人在书籍中成长，在爱中长大。我将那篇文章拿给女儿看，女儿看完也是会心一笑，我们母女俩有点像文中的小英子，也来"蹭"书读。

陪伴孩子读书，让书香陪伴孩子成长，是父母送给孩子一生最珍贵的礼物。所谓"读万卷书，行万里路"，孩子成长的道路上，一路有书香陪伴，有父母同行，该是多么幸福的事啊！陪孩子读书，可以让孩子在温馨的氛围里体会阅读的快乐；陪孩子读书，可以让父母重温经典，与孩子共同成长；陪孩子读书，有助于构建读书型社会，促进全民阅读习惯的养成。

陪孩子一起读书吧！让书香陪伴孩子一起成长！

（2017 年 5 月于长安龙首原）

原载《自学考试报》2018 年 7 月 13 日副刊

谁持彩练当空舞

女儿要出国参加"2016 第三届新加坡国际合唱节"啦！得知这个消息时，我是既高兴又担心，高兴的是女儿小小年纪就有机会参加高规格的国际合唱比赛，担心的是她还不满 11 岁，在没有家人陪同的情况下，远赴千万里之遥，能否照顾好自己？

也许我的担心是多余的。孩子跟随陕西省的一个著名童声合唱团参加比赛，带队的有指挥老师、声乐老师，还有照顾起居的生活老师，再加上其余合唱团的成员，应该是没有问题。何况七月中旬，该团舞蹈队赴摩洛哥参加"2016 国际民间儿童和平节"，队员中不乏年龄比女儿小的孩子。大家在老师带领下，平安快乐出行，在国际舞台很好地展示了中华少年的良好素质和风采。

在古城七八月的炙烤中，孩子们开始了紧张的赛前排练。女儿现在是六年级的学生，校外培训班的课也很重，经常是周内下午文化课刚放学，就得马不停蹄地赶赴合唱排练场；周末上午排练一结束，又一刻不停地急奔培训班……作为母亲，看着女儿像个陀螺一样忙得团团转，每天都是汗流浃背的状态，小脸晒得又黑又红，感觉既心疼又骄傲！ 心疼孩子小小年纪，在每日逼近 40℃ 的高温下奔波；骄傲孩子人小志高远，瞄准目标辛勤付出。

合唱团的指挥老师是国家一级指挥，水平经验在全国都很有影响力；声乐老师也是有多年带教和参赛经验的优秀老师；当然童声合唱团的这三十个孩子，更是合唱团多年栽培出的百里挑一的优秀学生。针对这次国际合唱赛事，老师们在选曲上真是煞费苦心！ 三首参赛曲目中，有民歌改编的《青春舞曲》，也有近年新创作的《铃兰》，更有外国的优秀歌曲《自由飞翔》。

《青春舞曲》是由"西部歌王"王洛宾根据维吾尔族民歌整理创编的。整首歌曲调欢快活泼，节奏鲜明，歌词富含哲理，用浅显易懂的道理告诉年轻人要珍惜时光。孩子们唱得也很有激情，把维吾尔族民歌热情欢快的特点表现得淋漓尽致。《铃兰》是由胡小石作词戴于吾谱曲的一首非常优美的合唱作品，词曲作者大名鼎鼎。词作者胡小石在二十二岁创作的《乌

苏里船歌》唱响大江南北，该曲被联合国教科文组织选入国际
音乐教材；曲作者戴于吾创作的童声合唱套曲《素描三
首》——《铃兰》《春雨沙沙》《蒲公英在秋风中微笑》，传
唱长城内外，曾多次获奖。歌词就像一首诗："密林小路旁，
铃兰（啊）正怒放。像一串串白玉铃铛，风儿把（啊）它摇
晃。我想那落花时节，森林里会叮叮当当。叮当叮当，叮当叮
当，阵阵清香。"曲调悠扬，就像漫步在晨曦微露的大森林
里，微风轻拂含羞带露的白玉铃兰，一路叮叮当当。

英文歌曲Flying Free（《自由飞翔》），歌词曲调优美。
"Like the bird above the trees, gliding gently on the breeze.
I wish that all my life I'd be without a care and flying free."
（像那树上的小鸟，随风飞舞多欢畅，我希望生活永远没有忧
愁，自由飞翔）随着孩子们深情的演唱，仿佛将人带入蔚蓝高
远的天空，就像鸟儿一样自由飞翔。

孩子们在老师的指导下，抓紧时间勤奋刻苦排练。中文歌
曲的学唱非常顺利，孩子们都有很高的声乐天赋和技巧，将两
首中文歌曲演唱得动人心弦；英文歌曲的学唱却真是费了老鼻
子劲！先请专业英语老师教孩子们学习背诵英文歌词，再用
汉语歌词熟悉曲调旋律，最后用英文完整演唱曲目。老师、家
长还有孩子们都为英文歌曲的学唱捏了一把汗。谁承想孩子们
的潜能真是不可估量！在较短的时间内就学会了英文歌曲，
英文发音吐字标准地道，并能声情并茂地演唱。

出发的日子不知不觉就到了。八月初的一日清晨，孩子们

从西安咸阳国际机场启程飞赴新加坡。从飞机起飞的那一刻，我的心就揪紧了！天天晚上等着看到带队老师发的图片和信息才能睡着觉；一周后的深夜，返程的飞机平稳降落，我这颗揪着的心才彻底放下。握着女儿的手，听她绘声绘色讲述参加比赛及游历的快乐旅程。

七天的行程，安排得紧张有序。抽签、参赛、表演活动、颁奖典礼等。在参赛表演的活动间歇，孩子们忙里偷闲地参观游览了新加坡国立大学、国家图书馆、圣陶沙岛、鱼尾狮身像、伊丽莎白大道、花芭山等，第六天还游览了马来西亚的吉隆坡。在孩子们下榻的酒店，每日清晨，都能听到孩子们婉转动听的声乐练声。有位戴鸭舌帽的老爷爷，每日准时坐在花坛边，聆听欣赏孩子们的莺歌燕啼，并不时打着拍子。每当孩子们的歌声响起，酒店的窗户都不约而同地打开了，每个窗口都探出聆听的耳朵。刚开始合唱团的老师还担心影响酒店其他客人休息，专门给酒店负责人致歉，没想到酒店负责人高兴地表示，没有什么不妥，来自中国优秀的少年儿童能入住他们酒店，是他们酒店的荣幸！而且因为孩子们的到来、孩子们优美歌声的吸引，酒店的客员量大大增加，是孩子们及孩子们迷人的歌声给酒店带来了更好的效益！

特别值得一提的是在新加坡国立大学游览时，在一处大厅和廊道处，摆放着一架钢琴。老师和孩子们欣喜若狂，立马开始赛前加练。伴奏老师一袭红裙端坐钢琴前，指挥老师潇洒地站在钢琴旁进行指挥，孩子们着红白条纹的青春活泼短装聚拢在钢琴和老师周围，围成三层的小扇形，远望如一枚色彩明艳的珍珠贝镶嵌在大厅。随着叮咚的琴声，孩子们纯净清澈、宛如天籁般的童声，飘荡在新加坡国立大学的各个角落。很快大厅和廊道就围满了大学生、老师和前来参观的游客，大家不约而同地举起了手机相机，闪光灯闪烁，快门声咔嚓。清新优美的《铃兰》，让观众们如痴如醉；曲调悠扬的《自由飞翔》，唤起了人们的共鸣；热情欢快的《青春舞曲》，瞬间点燃全场，人群都跟着舞动起来……

新加坡国立大学的精彩一幕，对孩子们来说是临时的加练，可对围观的群众来说，却是一场可遇不可求的精彩演出！当最后一个音符飞入空中，如潮的掌声、如雷的欢呼声将合唱团的老师和孩子们淹没。人群中的外籍人士，虽然听不懂中文，但也被美妙的童声、优美的旋律所打动，和着琴声轻轻哼唱摇摆。观众的掌声、欢呼声给了孩子们巨大的信心！

在新加坡美丽的滨海文化艺术中心音乐厅比赛现场，孩子们和来自世界各地的五十个优秀合唱团体同场竞技。女孩子们身穿宝蓝色的蓬蓬礼服裙，扎着高高的马尾辫，头上别朵同色系的蕾丝蝴蝶结，雪白长筒袜，漆黑小皮鞋，宛如高贵的小公主；男孩子们上身穿着白色衬衫外加宝蓝色马甲，下身穿着白色长裤，黑色皮鞋，就像英俊的小王子。叮叮当当的琴声响起，孩子们纯净清澈的童音飘出，那是铃兰在迎风歌唱；在"叮当"的尾音中，琴声由清脆变为悠扬，一只只美丽的"百灵鸟"飞上云端，在天地间自由飞翔，渐去渐远；短暂的停歇后，伴奏老师双手指尖在琴键上快速跳跃，指挥老师双臂有力地挥动着："太阳下山明早依旧爬上来，花儿谢了明年还是一样的开，美丽小鸟飞去无踪影，我的青春小鸟一样不回来……"带有维吾尔族异域风情的歌声响彻音乐厅，观众和评委不由自主地跟着节拍鼓着掌。三首作品表演结束，雷鸣般的掌声在音乐厅回荡。孩子们以天籁般的童声、优美的演唱，征服了现场的评委和观众，比赛最终斩获银奖！

我从没有想过，来自西安一所区属重点小学的女儿，有朝一日能登上国际合唱的大舞台，而且捧得银奖归来！想一想，全国范围内比女儿优秀的孩子数不胜数，仅仅陕西省级、西安市级名校里的佼佼者就已经很多，可是女儿在声乐的道路上却是冬练三九夏练三伏地坚持了下来，收获了人生第一个国际奖项！亲朋好友得知消息后，纷纷夸赞女儿是"三秦大地飞出的百灵鸟"！我的内心充满了欢喜。孩子取得的成绩，得益于学校的素质教育和养成培养，得益于政府对教育的大力投入，更得益于孩子们对中华优秀民族文化的自信！

音乐是没有国界的，优秀的文化同样没有国界。中国优秀的音乐作品，经过孩子们的完美演绎，获得由世界级的指挥家和歌唱家组成的评审团的一致认可，赢得了赛场内外观众的热烈掌声，就是最好的证明！一位学者说："文化自信来源于源远流长的民族记忆和圆融大气的中国智慧。"如今，我们的文化自信，在中国新生代少年儿童身上得到了最佳展现！

一代伟人曾赋诗："赤橙黄绿青蓝紫，谁持彩练当空舞。"

世界是一个大舞台，各个国家、各个民族都在这个舞台上尽情绽放着各自的文化魅力。对于中华民族文化这道优美的彩虹来说，我们每个人，都是手持彩练当空舞的最美舞者！

（2017 年 2 月于长安龙首原）

原标题《未央飞出百灵鸟》，入选《未央故事》，线装书局 2017 年 8 月版；原载《自学考试报》2019 年 3 月 15 日《学习天地》

父亲的道歉

五月的绿荫里，我独自行走在古城西安莲湖路上，赶着去参加一个会议。突然一个小女孩压抑的哭声穿透嘈杂的街市传入我的耳膜，那哭声是那样的委屈、伤心。我寻声扭转身向后看去，只见一个身材矮胖粗壮的凶恶男人，左手正揪着一个六七岁小女孩的马尾辫，好似要用马尾辫将小女孩提溜起来，嘴里骂着，同时用脚恶狠狠地踢小女孩的屁股，踢了还嫌不够，右手又扇小女孩的耳光，小女孩嘴角、鼻子都流血了……

我一看吓一跳，赶紧跑过去拉住了施暴的男人，并把小女孩护在自己怀里。小女孩害怕得直发抖，圆圆的红脸蛋上布满泪痕、鼻涕和血迹，红色的小衣服也被凶恶的男人推搡撕扯坏了。我气愤地问："为什么打孩子？"那男人一副恨铁不成钢的表情："你不要多管闲事！我管自己娃呢，这娃是个贼！"我满腹疑惑地看向小女孩，她只是哽咽哭泣，不断地摇头否认。"无论如何，也不能打孩子呀！"我轻拍着小女孩的后背安慰她。

"你说，谁忍心下狠手打自己娃嘛！刚才文具店老板说娃偷偷拿了人家一支钢笔，这不是偷吗？"男人气得面孔都扭曲了。过往的行人，看到这一幕，纷纷聚拢了过来。我蹲下身，握住小女孩的手，看着小女孩的泪眼，轻声问："有这回事吗？"小女孩的眼泪像春雨一样连绵不断，我的手就像雨刮器一样，怎么刮也刮不干净小女孩脸上的泪雨。小女孩几次欲言又止，"没事，告诉大姐姐，大姐姐会帮你的！"我试图打消她的顾虑。

这时，小女孩的手猛然一抖，好似下定了决心，悄声说："本不想说的，想给爸爸一个惊喜，可现在不得不说了。"说到这里，小女孩抬起泪眼委屈地看了他父亲一眼，又垂下眼帘，"快到父亲节了，可我没有钱给爸爸买礼物。路过文具店，看到那支亮闪闪的钢笔，想着爸爸会喜欢，就悄悄拿了。打算每天省出早餐钱，后面再给文具店老板付钱……"小女孩的话深深地震撼了我，那男人好似怔住了一般，又猛然醒悟过来，伸开双臂将女儿搂入怀里，声泪俱下："宝贝！爸爸对不起你！没有问清原因就打你，爸爸错了！你能原谅爸爸吗？"

"我知道爸爸是为我好，怕我染上坏习惯。"小女孩用双臂回报了父亲，将脸深深埋在父亲身上。我站起身，和聚拢的人们一道，由衷地为这对父女鼓着掌。看着这转怒为喜的一幕，我心里不禁感慨万千。

那天开会，虽然我迟到了，会议主办方非常不满，但我不后悔，反而很欣慰。那位父亲教育孩子的方式方法简单粗暴，但他后来认识到自己的错误，并诚恳地给女儿道歉；小女孩给自己的父亲上了一课，也给我们这些为人父母的成年人上了一课。那就是：不要用成年人世俗的眼光去看待孩子，也不要用成年人世俗的心理去揣测孩子。孩子有一片纯真的天空，孩子有一个单纯的世界。

没由来地想起一句话：我们都是孩子，伤了会痛、痛了会哭的孩子。无论世事变迁、人事纷繁，请相信孩子，善待孩子，关爱孩子！

（2018 年 5 月于长安龙首原）

原载《三秦都市报》2019 年 6 月 16 日副刊

送儿上学的女人

　　每一个女人都是上帝手牵手送到人间的天使，她们都是独一无二的；每一个孩子都是上帝散落在人间的精灵，他们都是弥足珍贵的。

　　在古城西安有名的龙首原，在这个繁华的十字路口，每日清晨七时左右，我总能碰到一位年轻的妈妈，怀里抱着几个月大的小女儿，手里牵着上小学的儿子，由南往北匆匆而行。

　　我每次都与母子三人擦身而过，见的次数多了，不由深深地关注起他们。冬日清晨的街头，很是清冷。那位年轻的妈妈，总是用一方红色带小花的抱被包裹好小女婴，而可爱的小女婴总是闭着眼在酣睡，长长的睫毛垂着，像两把小扇子。脸儿小小的，冻得红扑扑的。许是冷的缘故吧，小嘴总是抿得紧紧的。看到她在妈妈怀里的睡姿，总让我想起童话故事中的睡美人。

牵在手里的儿子，说大也不大，估计也就刚上小学。理着小平头，面色白净。他总是穿着宽大的校服，背着一个大大的书包，被他妈妈连拖带拉地牵着，一路小跑。

那位年轻的妈妈，时常穿着一件单排扣浅咖啡色斜条纹的短大衣，用黑色皮筋松松地束着马尾辫，面色苍白，眉眼浅淡，没有血色的嘴唇轻抿着。日日地拖儿抱女，没有任何多余的配饰，也没有絮索的长袍短褂，就那么精干利落的一身装扮，感觉好像穿了很久。

我从未见过孩子们的爸爸或爷爷奶奶、姥爷姥姥，总是年轻的妈妈抱着小的牵着大的。我时常在心里猜测孩子们的爸爸及其他亲人去哪里了？ 怎么忍心让年轻的妈妈一个人承担生活的重负？

那个小男孩，总是小跑着紧跟大步流星的妈妈，细细的胳膊被拉扯得直直的，书包在瘦小的背上一颠一颠地上下跳跃，总让人担心他细细的胳膊会被拽伤。不过我更心疼那睡美人样的小小女婴，她本应该在温馨的家里、温暖的被窝里甜睡，而不是被妈妈早早叫起，早早抱出门，在寒风中冻着，在臂弯中颠簸着，披星戴月地和妈妈一起接送哥哥。

一次，经过年轻妈妈的身旁，我忍不住询问："就你一个人带孩子？"年轻的妈妈暂停了一下匆忙的脚步，眼睛望着远处轻声说:"孩子爸爸是军人,回不来。"然后又急匆匆地抱着女儿拉着儿子往前赶路。

每每看到这位年轻的妈妈,看着她匆忙的脚步,瘦弱的身体,疲惫的样子,我都能切身感受她的艰辛与不易,她的努力与坚持,她的坚强与勇敢。因为我也曾是一名军人,同时也是默默坚守的军嫂中的一员,现在也是有着可爱孩子的妈妈。

记得刚刚有孕在身,同样身为军人的爱人被外派挂职。将近一年的时间,我一个人承担繁重的工作,承包全部的家务。孕吐严重时,要靠输液来维持身体和胎儿的营养需求。忙碌的工作,导致身体严重不适,我一边做着治疗,一边忙着工作。三伏天挺着孕肚,背着药箱,头顶烈日,在没有任何遮挡的训练场进行巡诊保障。一名十九岁的年轻战士,热中暑了,晕倒在训练场。我抱着孕肚跑到他身旁,费劲地蹲下身子,跪在坚硬的训练场地上。训练场地也烫得惊人,感觉两个膝盖都要着火了。我进行着紧张的救治处理,汗水不断从额头流下来,流进眼睛里,蜇得眼睛火烧火燎的疼……后来,年轻战士苏醒了,我却晕倒了。

忙碌一天,晚上回家腿脚都是肿的。孕晚期,繁忙的工作,导致下肢浮肿很厉害,有时连弯腰脱鞋都费劲。那时我多么希望爱人陪在身边,有人分担,有人关爱。可是我心里清楚,军人是属于祖国和人民的,不属于家庭。军人、军嫂的双重身份,让我只能坚强再坚强!

站在窗前,轻抚着肚中的胎儿,眼望着寂静的夜空,一首唱给军嫂的歌《妻子》远远传来：这些年的不容易，我怎能告诉你。有过多少叹息，也有多少挺立。长夜的那串泪滴，我怎能留给你？有过多少憔悴，也有多少美丽。真正的男儿，你选择了军旅；痴心的女儿，我才苦苦相依……听着如泣如诉的歌声，我不禁热泪长流，感慨万千。我骄傲，我是军人的妻。

（2018 年 5 月于长安龙首原）

原载《西安日报》2018 年 7 月 24 日副刊《西岳》

哭泣的千纸鹤

　　每年的母亲节，我都会在心底虔诚忏悔，为我曾经的简单粗暴、蛮不讲理而忏悔，并深深祈求女儿的原谅。

　　那是女儿小学六年级的时候，我和女儿都面临着小学升初中的巨大压力。除了正常的校内学习之外，周末及晚上我还经常陪女儿奔波在去培训班的路上。即便女儿如此刻苦用功，家长如此尽心尽力，六年级第二学期的四月底，女儿期中考试成绩出来了，却是非常不理想。想想即将到来的全市小学升初中统一考试，我就心急火燎得无法平静。女儿平时学习成绩还行，排名在班级也算靠前，这次不知怎么了，退步这么明显！

　　学校召开期中考试家长会，会上班主任老师对成绩退步明显的学生指出了存在的问题。班主任老师虽然没有明说，但我认定"上课不专心，爱做小动作"一定指的是我的女儿。为什么我会有这样的认识？　那是因为我在女儿的桌兜内发现了一大塑料袋小手工。我打开塑料袋仔细检查，里面有许多折好的小星星、桃心、千纸鹤，还有好几叠没有折叠的漂亮彩纸。

可想而知，当我看到这一大袋手工的时候，心里有多么愤怒！　我和孩子爸爸天天辛辛苦苦陪着女儿早出晚归，换来的却是女儿"上课不专心，爱做小动作"，从而导致成绩严重下滑，影响马上就要到来的全市小学升初中考试。

家长会结束，我将那一大袋小手工提回了家。吃过晚饭，我把女儿叫到身边，先晓之以理，后动之以情，告诉她即将到来的考试有多重要，也许人生的轨迹从这次考试就会分出分岔口，以后有些同学就很顺，有些同学就不太顺利了。最后我拿出那一大袋小手工，尽量心平气和地问："这是什么？"

女儿瞅了袋子一眼，有点吃惊，然后装着很镇静的样子回答："小手工。"

"谁的？"我提高声音问。

"我的。"女儿回答的音量有所减弱。

"你哪儿来的？"我手拍桌子厉声暴喝。

女儿身体明显抖了一下，她明白惹妈妈生气，后果很严重。女儿极不情愿地回答："你以后会知道的。"

说完这句话，女儿不吭声了。无论我怎么诱导、训斥，以至于盛怒之下拍了她一巴掌，她都没有吭声。

我就像那絮絮叨叨的祥林嫂，从姥姥姥爷带大外孙女的不易，说到我艰辛的养育陪伴之路，再到她自己的起早贪黑、披星戴月，现在却换来她那不理想的学习成绩。说着说着我哭了，女儿也哭了。那天晚上，我俩背对背而睡，谁也没有再说话，黑夜的房间里只有母女俩抽抽搭搭的吸鼻子声和哽咽声。

第二天清早，送女儿上学。临出门时，女儿偷偷拿了装手工的那个袋子，准备塞进书包内，没想到被我发现了。我一把夺过装手工的袋子，另一只手像老鹰捉小鸡一样拎着女儿出门下楼。可怜的女儿被怒气冲昏头脑的我拎着，丝毫没有招架还手之力。

"你还想着上课做手工？妈妈昨晚的话都白说了吗？为什么这么不懂事？"我气得嘴唇都有些颤抖。

可那气人的小东西一点儿也不知道回话，我越发怒气难平。路过楼下的垃圾筒，我狠狠地将装手工的袋子投入垃圾筒，"我让你上课做手工！我让你上课折纸！我让你上课不认真听讲！"

女儿看着野蛮粗暴的我，就像看着一头暴怒的母狮。我不理女儿径直往停车场走去，女儿紧跟在我身后，几次欲言又止。在我即将通过绿化带的石板小路时，女儿满腹委屈地轻声说："那是给你准备的母亲节礼物！"说完，女儿跑开了。一刹那间，我被霹雳打中了。我站在石板小路上，几次想回头去捡垃圾筒里的那些美丽手工，可是对孩子学习的担忧，对即将到来的考试的焦虑，生生拉回了我的脚步。我在心里对孩子说："女儿，我宁可你这个时候恨我，我也不愿你把时间浪费在其他事上。"我狠狠心，咬牙继续往前走。

此后，我们再没有说过这个话题。女儿收心后，学习成绩很快赶了上来，也如愿考入她心仪的初中学校。又是一年母亲节，闲聊时，我突然很真诚地对女儿说："有一年母亲节，妈妈将你给我做的小手工扔掉了，态度也非常不好，妈妈诚恳地给你道歉！希望你能原谅我！"女儿听完，"哇"的一声哭了，就像哭泣的千纸鹤，积攒了两年的委屈终于得到释放。我也不由得鼻头一酸，流下泪来。我抱住女儿，轻拍着她的背，就像小时候她受了委屈我哄着她一样。

良久，女儿才平静下来："你知道吗？为了给你准备母亲节礼物，那学期开学没多久，我就开始准备了，给你折小星星、桃心、千纸鹤。光是买折纸都折腾了好久，刚开始买的纸张太软，折出的千纸鹤容易变形；后来吸取经验教训，买软硬适中的纸；除了纸张软硬度，还要选纸张颜色、图案等。"

"是吗？这么麻烦？还有，你哪儿来的钱买那么多漂亮的彩纸？"我有点吃惊，还有点疑惑。

"当然了，你以为容易啊？彩纸是用你给我的零花钱买的，零花钱我都没舍得用，一直攒着呢。"女儿对我的惊奇和疑惑不满，"刚开始我一个人折，后来我的三个好伙伴听说了我的计划，都纷纷加入进来帮忙。我还给大家分了工，确定了小星星、桃心、千纸鹤的数量，每人折多少。小星星到时装在广口玻璃瓶中，桃心串成多层的项链，千纸鹤挂成一圈风铃。"

我听着这么严密科学的安排部署，不由深深为自己简单粗暴的行为懊悔："那你们一般什么时候做手工折纸？"

"那还用问？肯定是课间休息时间。为了折小星星、桃心、千纸鹤，我有时都顾不上去厕所。"女儿好像第一次发现我很笨，这么简单的问题都想不明白。

我越发惭愧了！脑海中浮想出女儿和三个小伙伴的小小身影，课间休息时顾不上喝水，也顾不上去厕所，聚在一起折小星星、桃心、千纸鹤，只为了赶在母亲节能送给我——她心爱的妈妈一份特殊的礼物。而我，却简单粗暴地践踏了这份充满童真的爱心和爱意。不问原因，不问理由，按自己认定的"上课不专心，爱做小动作"，理所当然地想成了女儿上课开小差做手工，导致成绩下滑，从而严厉地批评甚至打骂了孩子，我为自己的蛮不讲理而羞愧。

每年的母亲节，我都觉得有愧于女儿。我下定决心将这段经历写下来，就像在给我自己做手术。在真我中去掉那个简单粗暴的我，蛮不讲理的我，还原一个更本真的我，一个对孩子有爱心、有信任的我，一个永恒追求真善美的我——也就是孩子最爱的妈妈。就像孩子折的小星星、桃心寓意着心愿和爱；用心折的千纸鹤能给爱的人带来幸福与好运。孩子将世间最可宝贵的爱和幸福都想送给我，这是一份多么珍贵的礼物啊！也是这辈子再不可能得到的礼物了！

（2019 年母亲节于长安龙首原）

给女儿的一封信

亲爱的一鸣：

　　妈妈写过很多的文字，可真正提笔给你写信，似有千言万语无从下笔。

　　你刚出生时，就像一朵粉色的花苞，惹人怜爱！一转眼，你竟长到这般大，比妈妈还高。妈妈经常开玩笑："我要小鸟依人。"然后将头靠在你的肩窝。可你更逗，将身体大幅度倾斜，硬是靠在我的肩头，说你才是小鸟依人。

　　每日的晚餐时间，是我们的幸福时光。听你说起学校的趣事，我有时竟会笑到肚子疼。妈妈眼角的细纹，可有不少是你贡献的噢！记得有次说起青春期的叛逆，你很认真地对我说:"妈妈,你就幸福吧! 我们班很多同学和父母关系可紧张了,什么都不给父母说,哪像我? 把你当朋友,有什么事都愿意给你说。"是的,妈妈很幸福! 感谢你不只把我当妈妈,更是把我当朋友,分享你的喜怒哀乐给我,让我陪伴你成长。

妈妈想告诉你,对一个人来说,最重要的是生命和健康,离开生命和健康,其他无从谈起。生命是父母给予的,你只有保护好它的权利,而没有伤害它的理由。生命是一切的基础,你的身体,你的健康,你的学识,你的思想……都要以它为基础,只有在生命安全的前提下,才能谈及其他。

请原谅我的唠叨,原谅我一遍一遍地叮嘱你:过马路注意安全……上学放学路上注意安全……注意水电煤气安全……注意门窗安全……甚至这么大了,吃果冻我都会提醒你:不要一口吸,要注意安全,担心果冻卡喉。我是一个话少的人,不知为何做了妈妈后,也不可避免地加入了唠叨大军,也许这就是爱与责任吧!

保护好生命的同时,更要追求健康。妈妈所能给你做的,都尽最大可能做了。做好孕期保健,确保生出健康的你;按时给你接种疫苗,预防疾病;生病了,第一时间带你就医,不留隐患……剩下的就要靠你自己做好了。饭前便后洗手,餐后漱口刷牙,勤洗澡换衣……还有就是要勤运动、勤锻炼。记得小时候的你,是那样爱运动。现在你学习任务重了,总是坐着学习,很少去运动锻炼。妈妈希望你每天挤出一点时间跑跑步,跳跳绳,踢踢毽子,摇摇呼啦圈,这样做,既锻炼了身体,也是对繁重学习的一种调剂。

一鸣，运动起来吧！ 为了更好的你。

妈妈想告诉你，好习惯的养成非常重要。妈妈有时说到习惯养成，你总是不以为然。但妈妈举一个例子，你就会明白习惯有多重要。还记得小时候，妈妈经常带你去图书馆和书店看书买书，给你培养爱阅读的好习惯。你现在写作文、做阅读理解题感觉到轻松，这些都得益于你从小看了很多书，语言、文字功底在不知不觉中得到加强，这些东西靠突击是突击不出来的。

妈妈总是在给你强调习惯养成，要求你写完作业将书桌整理到位，不要总是乱糟糟的；要求你睡前洗脸刷牙，可你经常性偷懒钻进被窝，怎么也叫不起来；要求你临睡前将衣服在床尾放置整齐，以方便第二天早晨穿戴；要求你做完作业，将第二天的书包整理到位，免得第二天早晨忙乱……妈妈总是对你有这样那样的要求，也许你很烦吧？ 就连挤牙膏没有随手盖好牙膏盖，妈妈都会提醒你：看似一件小事，其实是把一件事当两件事干了，既耽误时间，又容易造成牙膏二次污染……

一鸣，行动起来吧！ 养成好习惯。

妈妈想告诉你，在学习的年龄，一定要好好学习。现在的你们，正是心无旁骛学习知识的年龄，一定要排除一切干扰，将心思和精力用在学习上。妈妈知道你是一个"风声雨声读书声，声声入耳；家事国事天下事，事事关心"的孩子，对一切未知都有强烈好奇心的孩子，这对学习知识有好处。因为你对很多事物有兴趣，兴趣就是最好的老师。但这也会有弊端，会分散你的注意力。人的精力是有限的，要把有限的精力投入到无限的学习中去。

现在的你们，不用考虑衣食住行等问题，只需考虑如何专心高效学习，并将学到的各科知识理解了、消化了，做到活学活用。妈妈知道，你有时也想玩玩手机、看看电视、浏览浏览网页，这些妈妈也不是绝对禁止，但是要有选择性，要有自制力，因为有些内容、节目容易上瘾。比如手机游戏，无节制地聊 QQ、微信；电视上的娱乐档、真人秀节目；网页上的虚假信息等，对你的学习没有一点帮助，反而是危害巨大。妈妈希望你有选择性地选一些对学业有帮助的节目：比如科教频道、纪录片频道、新闻频道……上网查查知识点，查查和学习有关的信息……和同学朋友聊 QQ、微信时，多聊和学习有关的内容。

一鸣，跑动起来吧！　为了更好的明天。

为梦想，去拼搏，去努力！　每一个不曾起舞的日子，都是对自己的辜负！

愿你闻鸡起舞，一鸣惊人！

爱你的妈妈：鸿雁

2019 年 5 月 15 日

附女儿的回信：我想对你说

亲爱的妈妈：

时间真的过得很快很快，我今日才突然发觉，什么时候我已可以独自一人在家，独自一人上下学，努力照顾好自己的呢？

常听你和爸爸感慨："哎呀！那时候你才那么小一点儿，现在怎么就长这么大了？"时间真奇怪，经历时觉得漫长，回忆时又感到极其短暂。我像是一个生活在胶囊里的人，你们一打开，我就立马长大了。但坦白来说，我并不喜欢这个话题。这时的爸爸总会说："现在的一鸣一点都不可爱，以前还让爸爸抱呢，现在都不让了。"尽管这只是一个调侃的话题，我也会感受到与你们的距离越来越远。我已经不是小孩子了，再也得不到那种满心满眼都被温暖裹实的感受了。你们大人总会说："你是大孩子了，要懂事、要听话……"如果长大意味着孤独，成长意味着失去，那我希望我再也不要长大了，就一直当个小孩子。

我是个很没有自信的人，当能力比我强的人都做不好这件事的时候，我会首先否定自己："他都做不到，我怎么可能做到。"只要别人说我做不到，我首先也会想："他都说我做不到，那我肯定不行。"但你总是鼓励我，用你那美丽的眼睛盯着我，然后微笑着告诉我："在妈妈心里，你是最棒的！你一定能做好！"我不知你用这双眼睛、用这样的眼神看了我多少遍，同样的话说了多少次我已记不清了。

在我心里，你是个很柔弱的女人，一点小事都能哭得很伤心。但当你承担起一个母亲的责任，承担起一个家的时候，你最柔弱的泪水好似都化作坚硬的铠甲，将我牢牢保护在你的羽翼下。我知道你的压力，知道你的苦闷，知道你的难过，可你在我面前展现的永远都是最乐观坚强的一面。我想对你说，你是这世界上最乐观坚强的女人。

我不知道将你惹生气了多少回，看见你的泪水，你的无奈，你的悲伤，我的自责与悔恨顷刻间相遇并爆炸，炸出我不愿掉落的泪水，炸出那让人难写的"对不起"。"对不起"有多难？多少次我们只隔一扇门，可那"对不起"却迟迟说不出口？多少次我们背对而眠，可那"对不起"也无法让你听见。你的"对不起"总是翩然而至,我的"对不起"总是杳无音信。

　　每个人都承担着他所要承担的喜与悲,多少次面对他人展现的笑容,是吞下泪水、擦干泪痕硬挤出来的。如果小孩意味着无忧无虑,没有悲伤,那"小孩"这两个字将好写太多太多。你看见一个人的模样,只是他想显露给你的模样罢了,他也必须承担那份暗处的悲伤。但是,我希望你——我的妈妈,只有向阳,没有背阴。

　　我爱你! 妈妈。

爱你的女儿:一鸣

2019 年 5 月 25 日

柒 长安记忆

记忆

迎春

一场柔柔的春雨，唤醒了沉睡的大地，滋润了千年长安。鸿雁肃肃北归，柳条微微返青，小草悄悄探头，我的心也被这场春雨润酥了！

路过安远门立交，路两旁的绿化带内，星星点点的迎春亮了行人的眼。我几乎天天从此路过，下穿通过头顶的陇海铁路线，绕明城墙安远门环岛，沿城墙顺城巷东行。广播里传出《西安人的歌》："看夕阳西下，就坐在护城河，怀里再抱上一本贾平凹的小说。西安人的城墙下是西安人的火车，西安人不管到哪都不能不吃泡馍……"城墙下的火车，是西安一景；安远门立交的迎春，是北门外第一景，也可称古城第一春，她总是第一时间向人们报告春天的消息。

元宵节的花灯依然璀璨，安远门城楼上玄武灯柱挑着的串串红灯依旧耀眼，原本灰褐色的迎春枝条渐渐透出绿意。每天看着她，她被春雨唤醒了，伸展伸展腰肢，舒缓舒缓纤臂，迎着春风轻摇微晃，积攒了一冬的气息正在呼吸吐纳。她用力顶出一个花苞，一个，两个，一星儿；用劲绽开一朵娇黄，一朵，两朵，一串儿，直到路两旁变成了金腰带。正如宋词《清平乐·迎春花》所云："纤秾娇小，也解争春早。占得中央颜色好，装点枝枝新巧。东皇初到江城，殷勤先去迎春。乞与黄金腰带，压持红紫纷纷。"

每日清晨，送女儿上学，总是穿过迎春花织就的金腰带，头顶陇海线时有列车呼啸而过，古朴雄伟的安远门静静伫立，幽深的顺城巷槐影斑驳。在明城墙北城墙根脚下，有一所历史悠久的中学。坐在教室里，能望见明城墙；站在城墙上，能看见校园内的莘莘学子。女儿就读于此校，每日清晨，我都要进行明城墙一日游。

一个细雨的清晨，空气中还有寒意，我和女儿穿行安远门立交。女儿突然惊呼："妈妈，迎春开了！"那灰褐色枝条中难掩的一朵金黄，凌寒沐雨地绽开了芳颜，在路灯的映衬下，是那样的娇羞明媚！"是啊，迎春开了！"看着那朵娇嫩的小花，再看看身旁同样娇嫩的女儿，我的心慢慢明媚。女儿的学习，一直让我牵心，她不急不缓、不慌不忙的学习态度，导致学习成绩逐步下滑。"迎春开了，春天来了，你们也开始了新学期的学习。一日之计在于晨，一年之计在于春。妈妈希望你能像这迎春一样，在早春的寒意里，敢为人先，抢春争春，学习能有新起色。"

女儿看着迎春，听着我的话，默默地点着头。不知我的话对女儿能起多大作用，只知此后，迎春越开越密，女儿学习越发用心。"覆阑纤弱绿条长，带雪冲寒折嫩黄。" 愿迎春不负春光，"迎得春来非自足，百花千卉共芬芳"。唯愿少年不负光阴！

（2019 年小雨节气于长安龙首原）

原载《西安日报》2020 年 3 月 3 日副刊《西岳》

最忆永寿槐花香

　　入夜，在月光下散步，一阵淡雅的清香渐行渐浓，噢，我闻出来了，那是记忆中的槐花香呀！于是目光就往四周搜寻，原来道路两旁是高大的槐树，绿叶之间是粉嘟嘟的槐花，在月光的映照下，那一串串槐花好像冰雕玉琢一般若隐若现。那久违了的槐花香正源源不断地弥散开来，使我渐渐地有点陶醉。不知不觉间，我思绪纷飞，儿时的记忆仿佛电影画面一般在眼前不断浮现。

　　距离长安约一百公里之外的槐乡永寿，留有我儿时的美好回忆。在那里，小到村民的房前屋后，大到漫山遍野，处处可见槐树槐林。因永寿地处渭北旱塬，气温低于长安，所以每年要到五月份，槐花才会吐蕊，人们才能闻见花香。勤劳的养蜂人寻着槐香就来了。洁白芬芳的槐花，一串串挂满枝间，带着淡淡的香甜味，吸引来无数不知疲倦的小蜜蜂。每年这个时节，我总是要忙里偷闲地跑到永寿，采摘槐花，品尝槐花蜜，吃一顿槐花饭，稍解一年的"相思之苦"。

犹忆儿时，母亲总在槐花季，让我和哥哥采摘槐花，用来制作槐花饭。爬树是哥哥的强项，他抱着树干一蹿就上去了，比小猴子还利索。而我仰着脖，眯着眼，张开小小的手臂，在树下接着。眼见哥哥在树上先只顾捋了槐花往嘴里送，全然忘了树下还站着垂涎欲滴的我。急得我在树下喊叫："哥，哥，先给我也摘点。"哥哥这时才想起树下还有个小跟屁虫，忙捋了几大串抛给我，我赶忙撩起衣襟兜住，抓了满把往嘴里塞。那情景，那心情，那凉丝丝、甜滋滋的味道，即便现在，也时常在梦中出现。

我们两个小馋猫把新鲜槐花吃得尽兴后，才开始采摘母亲制作槐花饭要用的槐花。我们摘满一小篓子，然后两个小人儿蹲在槐树下，将混入其间的槐叶等杂物择净，拎回家。母亲用清凉的井水淘洗后，拌入旱塬上的小麦粉，用双手轻轻揉搓，然后上笼稍加蒸熟。在短暂的上笼时间里，母亲会利落地剥蒜、捣蒜，油泼，再调入盐、油泼辣子、农家自酿醋等。这个时候，我和哥哥一人端个小碗，倚着门框翘首以待。揭开蒸笼的那一刻，一股槐花香混合着麦面香扑鼻而来。我俩争先恐后地递过碗，母亲给我们盛好槐花饭，浇上蒜汁子，兄妹俩就迫不及待地开吃了。母亲总是慈爱地看着我俩，嘴里不停地念叨着："慢点吃，慢点吃，多着呢！"可我俩哪顾得了那些，总是一口气吃好几碗，才觉得解馋。

永寿自古就是著名的避暑胜地，享有"隋唐夏宫 福安永寿"的美誉！以前上学时，一到暑假，我就会强烈要求去永寿避暑。长安城的七八月份，用陕西话说"热成马咧！"，所以啊，永寿的槐树林是最好的歇凉地儿。头顶绿荫如盖，枝叶缝隙间露出蓝蓝的天、白白的云。脚踏萋萋芳草，穿行密密槐林，一路有凉风相随。槐树叶儿轻抚我的脸颊，不知名的小花装点我的裙摆，摘片槐树叶儿吹响清亮的哨音，竟能引来喜鹊喳喳应和。走累了，就地躺在柔软的绿草毯上，嗅着槐叶香，闻着青草味，甜甜入梦，梦中都是槐花香。

（2016 年 6 月于长安龙首原）

有夹竹桃相伴的日子

灿灿的迎春才恋恋不舍地飘落大地，灼灼的桃花就迫不及待地飞跃枝头。长安的古城墙，好像也从青砖缝里透出了活泛，护城河的水仿佛一夜之间又绿了些、润了些。车由北往南朝尚武门方向驶去，下穿进入尚武门立交。

送孩子上学，尚武门立交是必经之地。已记不清从这里路过多少回、经过多少次了，只记得这里一年四季常绿、三季有花的夹竹桃，陪着我和孩子度过一个个春夏秋冬。

尚武门立交的道路两侧，密植高大葳蕤的夹竹桃。那形似竹叶的碧绿狭长叶片，在春雨滋润后，竟也闪着油亮的光泽。车徐徐而行，不经意间，三三两两的红色、白色花骨朵在枝叶顶端探出头,好似在试探春的温度。日子过得没有时间概念,还好有夹竹桃在提醒我,已是人间四月天。

车行如舟,日月如水。红色、白色的夹竹桃花朵,日胜一日地繁盛起来。红似锦,白胜雪,远观犹如两岸花堤。车流好似行舟,在两岸桃红雪白的夹竹桃掩映下,畅游夹竹桃夹岸的河流。每每车行于斯,我总会产生错觉,就像在小桥流水的江南,顺流而下,两岸花堤,一路花香。

夹竹桃的花朵是那样的像桃花,又与桃花是那样的不同。桃花实在太娇美、太短暂了,而夹竹桃的花朵,始于春,盛于夏,繁于秋,花开花落,此起彼伏。迎着春风,顶着夏阳,斗着秋霜,自顾自地开成繁花似锦的模样。

孩子呀,你在夹竹桃盛开的五月,要通过小学升初中的考验,即将进入一个新的学习教育阶段。九月开学季,夹竹桃一如既往地开放着,你也将如愿以偿地进入你向往的初中学习。虽然你的求学路,将不再会路过夹竹桃夹岸的尚武门立交,但你我依然会想念那两岸繁花。

孩子,在学习成长的路上,有风雨也有彩虹,还曾有四季常绿、三季有花的夹竹桃陪伴,当然更有父母的一路随行。我想,你是充实的、自信的,你经历了严冬的洗礼,你也终会向这两岸的夹竹桃一样,开放灼灼的花朵,绽放属于你自己的青春之美!

(2017 年 9 月于长安龙首原)

原载《自学考试报》2018 年 5 月 25 日副刊

趴在父亲背上

八月的陕北，天蓝云白，树绿花红，果香瓜甜，清爽宜人。对于关中平原长大的孩子，夏季的酷暑闷热是最难以消受的。所以，每到暑假，我都要到陕北去避暑。

父亲所在的单位，是一家很大的油田公司，有许多下属单位，陕北的油田公司生活基地位于有"美水泉"之称的甘泉县。美水泉酿造的隋唐老窖，清醇甘洌，回味悠长，点制的甘泉水豆腐名传十里八乡。虽说甘泉县不是很繁华，但基地建设很美。苍苍青山，汤汤洛河，楼群掩映绿树红花之间。基地依山而建，一层一层高上去，除过水塔之外，卫生所的位置最高。

那时,我正在医学院读大二,但对卫生所不是很感兴趣。在此避暑,只去转过一次。高考报志愿,没有想过学医,一心想学对外经济贸易。但和父母争执了三天三夜,毫无结果,赌气将所有志愿都报成医学院校。后来,我就来到黄河穿城而过的金城兰州,就读于兰州大学医学院。虽然对医学不感兴趣,但作为父母眼中的好女儿,老师眼中的好学生,我依然勤奋刻苦地学习,各科成绩始终名列前茅。

暑假中的快乐日子,像流水一样逝去,转眼到了八月中旬。有天早晨,父亲大清早就出门办事了。我觉得浑身无力,早早醒了。母亲发现我不对劲,就问我怎么了,我说不舒服。母亲也没在意,只当没休息好。我不吃不喝,病病歪歪躺了一天。

等到傍晚,父亲回来了。当他得知我一天之中拉肚子十多次,脸当即沉下来了。埋怨母亲不关心娃娃,并和母亲争吵起来。猛然,我感到胃里一阵翻江倒海,喷射状呕吐起来,吐完,人就有点迷糊了。隐约记得父亲背起我,母亲手忙脚乱地拿了一些东西,小妹妹也惊慌失措地紧随其后。

父亲为了赶时间,选择了大青石板铺成的台阶路,因为大马路有些绕远。在父亲起伏的背上,我时而清醒,时而迷糊,但父亲那焦急的呼唤"鸿雁,鸿雁,再坚持一下,马上就到了……",至今仍回荡在我的耳畔。那呼唤中透着焦急、关爱和心疼。

趴在父亲背上,短暂的清醒时刻中,才陡然发觉父亲老了。两鬓的头发都已灰白，脑门上的头发变得稀疏，宽阔的背脊也不再挺拔，努力地朝前弯着。铺着青石板的台阶路，仿佛永远都看不到尽头。陕北的傍晚，有些许凉意，父亲却小跑得满头大汗。他额头的汗水滴落在我的手背上，脑门后的汗水流过脖子，钻进衣领，湿透了背上的衣服。我就趴在父亲汗流浃背的背脊上，随着父亲小跑的步伐，我在他的背上颠簸着。母亲一手扶着我的背，一手托着我的臀，尽力地帮着父亲。

赶到卫生所，医生都回家吃饭了。父亲顾不上喘口气，把我放在观察室由母亲照顾，就紧跑着去找医生了……

当清晨第一缕阳光照在我的脸上，我悠悠醒转，抬起沉重的眼皮，看到父母焦急、渴盼的眼神，妹妹粉红的小圆脸，我知道自己已无大碍。"你终于醒了！"父母几乎是异口同声地喊道。

后来，我知道自己得了急性胃肠炎，重度脱水导致休克。经过这次事件，我才知道父亲是多么爱我。三个孩子中，我长得最像父亲，连脾气也像。家里只有我敢和父亲顶嘴，甚至是激烈地争吵。可父亲次次都宽容我，原谅我。

大学的后三年，我对医学产生了浓厚的兴趣。我已深知当一名合格的、称职的医生是多么光荣，能够解除患者的病痛是多么幸福！ 大学毕业时，我鬼使神差地想去部队工作。可父亲不同意，因为父亲曾经是一名老兵。他说："部队不适合女孩子去。"其实父亲的意思是说部队上几乎是清一色的男兵，条件比较艰苦。但经不住我死缠硬磨，父亲最终同意了。去报到那天，父亲老泪纵横："我没把儿子送去当兵，却把姑娘送去当兵了！"总觉得没有说服我，没有尽到做父亲的责任。

到了部队，才懂得父亲的话是对的。我曾经苦闷过、彷徨过。父亲却总是鼓励我、安慰我，劝我要坚强、要忍耐。虽然部队环境较艰苦，条件较简陋，但我从事着自己喜欢的职业，有家人关心、领导支持、同事帮助，渐渐也就习惯了。

父亲惦记大西北绿色军营中的女儿，牵挂穿军装白大褂挂听诊器的女儿，想念风沙中烈日下白杨树一样挺立的女儿……父亲保存着我从小到大每一时期、每一阶段的照片：周岁留念、天山天池留念、延安宝塔山留念，小学入学照、大学校园照、军营戎装照，等等。早期的照片，好多我自己都找不着了，可父亲却一直保存着。有一年探亲，我第一次看到父亲收藏的影集，里面我的照片占了一半多，以至妹妹心里不平衡，说父亲最喜欢我。当时我就落泪了。

父爱如山，父爱似水。父亲山一样的背脊，背我走过幼年童年，走过幼稚单纯；父亲水样的关爱，陪我长大，伴我成熟。现在的我风华正茂，青春飞扬，可父亲却两鬓斑白，满脸沧桑。愿父亲平安快乐！ 愿父亲健康长寿！

（2003 年于部队）

小侄儿言行偶记

　　小侄儿韬韬，今年四岁多，聪明乖巧，尤其一张巧嘴能言善道，其一言一行总让人发笑。女作家张爱玲曾撰小文《姑姑语录》，我今东施效颦，录侄儿韬韬言行若干。

　　孩童出门，大多不喜行走，喜人抱。韬韬两岁时，某日，我带其出门玩耍。刚出家门，韬韬便张开双臂，抱我双腿，噘嘴道："姑姑，抱！"我双手抱臂，做俯视状，逗他："不抱，抱不动。"谁知小家伙眼珠一转，做胆怯状："下楼梯害怕！"其实，韬韬已会扶楼梯扶手上下楼。我听他说得有理，遂不胜爱怜地忍笑抱起了他。

　　下楼后刚要放下他，却不料韬韬两只小手紧紧环抱我脖颈，小脸颊紧贴我肩膀，竟丝毫没有要下来的意思。我遂哄他道："下来吧，到楼下了。"小家伙摇晃着身子，撒娇道："地上有脏脏。"没办法，我只好抱其继续行走。

至大街上，我又轻抚其背："宝宝，下来吧！姑姑胳膊好疼呀！"韬韬似有心疼我状，放开小手，左顾右盼之后，伏在我怀中，极不情愿地说："街上有车，危险！"闻其言，我惊诧不已。喜其言之有理，我只好咬牙坚持，抱他行至公园玩耍。

玩到尽兴，人困马乏，准备领其回家。韬韬又不情愿走路，我只作不知，看其有何话说。许久，小家伙站在原地不动，我只好上前，拉其小手哄道："宝宝，回家吧！奶奶做了好吃的。"韬韬可怜巴巴地摇着我的手："姑姑，腿腿疼，抱上。"我一想，又是跳蹦床，又是玩滑梯，定是玩乏了，遂二话没说抱他回家。

至家，将路上侄儿一言一行说给家里众人听，众人皆抚掌大笑。小家伙却像没事人一样，坐在沙发上津津有味地看动画片。次日晨，我起床时，觉双臂沉重如铅，梳头胳膊都抬不起来，思量没磕着也没碰着，怎会胳膊疼呢？说与母亲听，母亲道："年轻人没抱惯孩子，猛不丁抱得时间长了，胳膊自然抬不起来。"听完母亲的话，我心里便有了计较，以后再不能带韬韬到离家太远的地方玩耍了。

侄儿三岁时，我休假在家。闲来无事，以带孩子为乐，一则提前尝试尝试，为将来打好基础；二则可以稍微减轻父母的工作量，让老两口出去散散心。

　　某日下午，我辛辛苦苦将所有房间彻底打扫，物品全部归位，地板拖得一尘不染。忙乎了一个多小时，谁承想侄儿韬韬不到五分钟，就将房间搞得乱七八糟，玩具散落各个房间，书本、纸张、画笔摊得满桌子都是。我不由心头火起，既心疼自己的劳动成果，又怨侄儿太顽皮，训他道："赶快把玩具都捡到你的玩具箱里，你到底是玩玩具呢还是画画呢？你又不是小哪吒，长了三头六臂。"小家伙坐在一堆玩具中间，正玩得高兴。听我训他，抬头瞅了我一眼，又若无其事地继续玩他的玩具。见他把我的话当耳旁风，视我为不存在，我就觉得没面子，更生气了。

　　于是，我端坐沙发上，两眼瞪着韬韬。小家伙好像感觉到我目光的犀利，抬起头看着我。也许是被我盯得不自在，他便撂下玩具起身了。看我仍在瞪视他，就想摆脱我的目光。小家伙从客厅这头走到那头，又从那头走到这头，可我的目光始终如影随形。后来韬韬索性背起小手，踱起方步，不时瞅我几眼，小嘴巴里还咕哝着："你还不高兴？"听了侄儿蛮大人气的话，我心里早就忍俊不禁了，只是有心看他如何收场，所以故意板着脸继续瞪着他。突然，小家伙猛地扑到我怀里，仰起小脸甜甜地撒娇道："姑姑，别生气了！"其实我早就不生气了。看着韬韬乖巧的样子，我心疼都来不及，哪有什么气可生？

　　人常说童言稚语最可贵！有时候孩子说出来的话大人恐

怕一辈子都想不到，因为成人的思维都已经模式化了。

哥嫂工作繁忙，侄儿韬韬一直由爷爷奶奶扶养。四岁时，有次周末送他回自己家。到家后，韬韬在客厅看动画片，我和哥嫂在书房打电脑，顺便说说话。

约摸过了半个小时，韬韬在客厅喊："爸爸，换台。"我们有些纳闷，小家伙不是会用电视遥控器吗，怎么自己不换台？遂一起来到客厅。看韬韬正拿着小杯子喝水，他爸爸问："遥控器呢？"韬韬指着茶几上另一只杯子说："遥控器喝水呢！"他爸爸赶紧从杯子中取出遥控器，作势要打。小家伙却不紧不慢地说："我口渴了，我想遥控器也口渴了。"闻听此言，我们皆开怀大笑！

哥哥从事和文字有关的工作，文思敏捷，文采颇佳。恐怕他一辈子都想不出如此精妙绝伦的答案。我只有心底暗暗称奇，小小年纪，人小鬼大，不知长大后更待如何？

小侄儿韬韬，言行多有出奇之处，择其二三录之，以慰我思念之心。

(2005 年 1 月于部队)

原载《阳光报》2022 年 5 月 24 日 11 版

遥远的阿孜古丽

夏日傍晚，我漫步在古城西安的广场，蓦然，一首熟悉的乐曲传入我的耳畔：我们新疆好地方啊！天山南北好牧场，戈壁沙滩变良田，积雪融化灌农庄……望着远处跳起欢快新疆舞的汉族、维吾尔族大妈大叔们，我不由轻轻哼唱起来。大妈们那旋转的舞裙、俏皮的扭脖，大叔们那滑稽的耸肩，潇洒的踏步，都将我带回到遥远美丽的新疆，带回到欢乐无忧的童年。

那是20世纪80年代中期的一个冬天，因父亲工作调动的关系，我们一家来到遥远的新疆乌鲁木齐。乌鲁木齐意为"优美的牧场"，这是一个冰雪覆盖的银白世界。铲起的冰雪在街道两边形成两排白色的矮墙。这里的建筑物也很奇特，房屋都有圆顶，房檐屋角挂满大大的冰溜子，好像童话世界里的冰雪王国。

第一天上课时，短发圆脸的女老师领着我站到讲台上，同学们齐刷刷地盯着我看，我害羞得都不知道要看哪里。听说我来自美丽的陕西西安，同学们热情地鼓掌欢迎我。老师问谁想和新同学坐同桌？这时一位身穿花裙子的维吾尔族少女，举着双手请求老师让我和她坐同桌。老师被维吾尔族少女的热情感染了，爽快地说："好吧！阿孜古丽，新同学和你坐同桌！"维吾尔族少女可开心了！冲上讲台拉起我回到她的座位旁。

老师说"上课"，马上有同学喊"起立"，并唱道："我们新疆好地方啊……"，其他同学跟着大声地唱了起来："天山南北好牧场……我们美丽的田园，我们可爱的家乡……"。我好奇地看着这一幕，看着每一张快乐的笑脸，就像看到阳光下满园盛开的向日葵。阿孜古丽随着曲调摇摆柔软的胳膊，翻转灵巧的手腕，扭动小巧的腰肢，甩动满头的小辫，挑动弯弯的柳眉，扇动长长的睫毛，顾盼晶亮的星眸……维吾尔族少女美丽的面庞，在我眼前不断放大。由汉语、维吾尔语还有我不知道的语言，汇成的优美和声响彻教室："麦穗金黄稻花香啊，风吹草低见牛羊，葡萄瓜果甜又甜，煤铁金银遍地藏……"

新班级可真是一座民族大花园。班里有汉族、维吾尔族、回族、哈萨克族等十几个民族的同学。同学们除了说汉语之外，还讲本民族的语言。教学一般用汉语和维吾尔语两种语言，我转学过来，刚开始听不懂维吾尔语，上维吾尔语课时，阿孜古丽就担当了我的小小翻译员。

热情好客的阿孜古丽，经常给我带好吃的，诸如葡萄干、杏包仁等果脯，我也给她带陕西的柿饼、蓼花糖。记得有一年古尔邦节，阿孜古丽邀请我去她家过节。她们家的院子好大呀！四四方方的，庭院里种着葡萄、苹果、梨、杏等果树，还有叫不上名字的各色花草。

院子里最引人注目的是那一大架葡萄藤，搭起一座绿色的凉棚，下面摆着矮桌和地毯。馕、抓饭、烤包子、烤肉、哈密瓜、杏、葡萄干、杏包仁等摆得满满当当。大家盘腿坐在地毯上，尽情地吃着喝着。

靠院子西侧支起了一口大锅，锅里咕咕嘟嘟冒着热气。我好奇地过去看，原来里面全是带骨的羊肉。羊肉快煮好时，阿孜古丽的妈妈端了一大盘凉粉倒进锅里，我好担心凉粉会煮化掉。阿姨告诉我这叫羊肉粉汤，很好吃的。煮好后，我顾不得烫嘴，先啃了一块小羊排，后用小勺舀起颤巍巍的凉粉，哈着气边吹边吃，凉粉吸收了羊肉的鲜美，煮得很劲道、很弹牙，味道好极了！

在新疆的日子总是这么快乐！冬天，我们上滑冰课，亮闪闪的冰刀闪着寒冷的光。我从内地来，第一次学习滑冰，看着同学们像蝴蝶和蜻蜓一样在冰面上翩翩起舞，我既心痒又害怕。体育老师专门给我讲了滑冰的动作要领，让我大胆去滑，可我还是不敢。

这时，阿孜古丽彩蝶般飘了过来。牵起我的双手，自己倒着滑，让我跟着她一起滑。穿上窄窄的冰刀，我的脚在冰面上内扭外扭地乱拐着，试图找到站立的平衡点。阿孜古丽尽自己最大的努力扶着我，同时还要保持自己的平衡。小孩子学东西快，第二节滑冰课，我就能保持平衡并小心滑行了。阿孜古丽依然尽职地牵着我的手，引导着我滑行。她双脚一前一后扭动腰肢后退着滑行，我双脚向外侧蹬冰滑行，紧跟着她。到了弯道，她身体稍向内侧倾斜，滑出优美的弧度，而我不会弯道滑行，向外侧摔了出去。阿孜古丽试图拉住我，反倒被我拽倒了。我俩摔在冰面上，互相搂抱着咯咯笑。

阿孜古丽笑起来就像终年积雪的天山上盛开的雪莲花，而她的名字就是"希望之花"。洁白的冰面上，穿着红衣的她，头发乌黑发亮，皮肤白里透红，嘴里呼出的热气，凝结在长长卷翘的睫毛上，就像睫毛穿上了小水晶珠。她怎么就这么好看呢？

暑假，阿孜古丽会带我爬上房顶，翻晒西红柿干。干完活，两个人就从这家的屋顶跳到那家的屋顶，和其他民族的小伙伴一起捉迷藏。傍晚，她经常带我蹿到艾孜买提大哥哥的小房子里去。艾孜买提正用英吉沙小刀切羊肉，我俩就帮他串羊肉串。有人帮忙了，他会取下墙上挂着的冬不拉，边弹边唱。琴声悠扬，嗓音低沉，很是迷人！

快乐的日子总是过得很快，初二年级那个冬天，我要回内地。阿孜古丽得知后，难过了好久，将她心爱的维吾尔族小花帽送给了我。我也将妈妈亲手织的红色围巾送给她，希望可以为她保暖。回到内地，回到故乡，我依然常常想起遥远的新疆，别样的乌鲁木齐，美丽的阿孜古丽。不知她现在可好？是否依然美丽动人？ 那时，我们是多么快乐的民族大家庭！汉族、维吾尔族、回族、哈萨克族等和睦融洽地生活在一起，欢歌笑语回荡在天山南北。

"弹起你的冬不拉耶，跳起舞来唱起歌，各族人民大团结……"听着熟悉的旋律，跳起欢快的舞蹈，我眼前又浮现出阿孜古丽的倩影，我童年的维吾尔族小伙伴，我美丽的"希望之花"！

（2018 年 8 月于长安龙首原）

家有福娃

　　我和爱人都是军人，同一年从地方大学毕业特招入伍，军营是我们相识、相恋并走向婚姻殿堂的地方。俗语说："百年修得同船渡，千年修得共枕眠。"也许历经了千年的轮回与等待，我们喜结连理。

　　刚得知怀上小宝宝后，爱人就被派往外地挂职，时间为期一年。在没有孩子爸爸关怀、呵护、陪伴的一年时间里，我和腹中慢慢孕育的宝宝相依相伴。那年六月下旬，北京奥运会主题口号"同一个世界　同一个梦想（One World One Dream）"发布。我给爱人打电话，相约 2008 年带小宝宝去北京看奥运，这成了我们美丽而甜蜜的梦想。

　　随着预产期的一天天临近，给小宝宝起名字显得越来越迫切。大名没想好，那就先起小名吧！　没想到小名也不好起，一张大纸上写满了无数可爱又好听的名字，但家人都各持己见，相持不下。同年十一月，距北京奥运会开幕倒计时一千天之际，发布了奥运会吉祥物"福娃"。

　　那晚，我和家人坐在电视机前，迫不及待地观看北京奥运会吉祥物发布仪式。当五个美丽可爱的福娃亮相的时候，家人既兴奋又高兴，不约而同地想到用福娃的名字给小宝宝起名字。经过一番热烈的讨论，以奥运圣火为形象的福娃欢欢成了家人的一致选择。

　　我轻抚着腹中的宝宝，又一次给爱人打电话："我们即将出生的小宝宝叫福娃欢欢可好？"

　　孩子的爸爸声音很兴奋，情绪很激动："我也正看奥运吉祥物发布仪式，和你的想法一样，我们的小宝宝就叫福娃欢欢吧！　沾点奥运吉祥物的吉祥和福气！"

　　自此，孩子的小名已然敲定，而且受到了双方家人及同事、战友的一致认同和赞许。十二月中旬，我顺利诞下了我的小千金——福娃欢欢。也许真是沾了奥运福娃的吉祥与福气，小宝宝长相甜美，身康体健。

　　不知不觉中，我的福娃欢欢已八个多月了，正在蹒跚学步、咿呀学语。休息时间我抱小宝宝在院中散步，部队大院里的小朋友都知道小宝宝叫福娃欢欢。一见到小宝宝，小朋友们总是围着她，七嘴八舌地喊"福娃欢欢""小福娃""小欢欢"。福娃欢欢虽然还不会说话，也知道小朋友们在叫她名字，笑得更欢实了。

大家都知道我家有个福娃欢欢，和奥运会吉祥物"福娃欢欢"同名。现在，我的小宝宝比我和她爸爸在军营中的知名度还高，就像北京奥运会的吉祥物一样人人皆知。看着一天天长大的小宝宝，想着一天天临近的北京奥运会，心中充满了渴望与期待。

2008 年，我和北京有个约会，那就是带着我们的福娃欢欢去北京，看奥运！

（2006 年 8 月于部队）

冬日有感

　　冬日黄昏，田野里静悄悄，枝头的喜鹊也沉默了，只有风儿轻轻吹。很想出去散散步，放松放松疲惫的身心。

　　已经很久没有外出了，想飞的心渴望田野的微风。冬日的塞外，一片荒凉景象。信步走来，看不到一丝绿色，只有深翻过的土地泛着清冷的黄色。河渠里结着薄薄的冰，渠边是枯黄的小草和冷峻的白杨。行人步履匆匆，因为他们知道家里有温暖的炉火和喷香的晚餐，只有我在孤独地徘徊。

　　有人说："孤独的人是可耻的。"有家的女人也孤独，也寂寞。由于一些鸡毛蒜皮的小事，我们发生争吵，彼此互不相让。最后是各自伤心，持续冷战。冬日田野的微风，渐渐让我冷静下来；一望无际的大平原，开阔了我的视野。是啊，有什么过不去的坎呢？自己的选择，应该坚持。学会宽容，学会善待别人，也学会善待自己。

想明白这些，心情逐渐开朗。再看看四周，一切都变得明快，落日的余晖给西方的远山镀上一层淡淡的黄色，近处的林木都拖着长长的倒影，我伫立在空旷的原野里，落日将我的身影拉得好长、好孤单。看着低头赶路的人们，心里渐渐温暖起来。是啊，我也该回家了，我要回家。再大的风雨，都会雨过天晴；再难的路，都会走成坦途。我想家里也有温暖的灯光和等我回家的人。

（2006 年冬于部队）

捌

长安杂谈

杂谈

鸿雁惜羽毛

2021年3月2日，我的散文《大明宫赏唐美人》刊发在《中国青年作家报》16版，从投稿到发表前后共修改六次。这篇稿件背后的小故事，我想讲给读者听。

辛丑年春节，河南春晚的舞蹈节目《唐宫夜宴》火出了天际。"唐宫"不就是大唐盛世的宫殿嘛，那最著名的唐朝宫殿不就是大明宫？"夜宴"表现了一群娇憨可爱的唐朝少女乐师，在"夜宴"上表演的精彩瞬间。我不由想起自己曾为大明宫写过多篇文字，也写过大明宫里的唐朝仕女。遂将《大明宫赏唐美人》初稿略做修改，投给了《中国青年作家报》，这是第一次修改。

早上投了稿，没想到中午就接到编辑老师的电话。编辑老师希望我能结合当下的情境进行修改，并能带给人启发和思考。刚开始编辑老师说的，我有可能不是很理解。他就耐心细致地讲了他最近所看到的关于《唐宫夜宴》的文字和报道，对我很有启发。我结合舞蹈节目《唐宫夜宴》，写了自己的所见所思所感，对文字进行了第二次修改。

再次接到编辑老师的电话，他希望我能发一些大明宫里唐美人的雕塑图片和视频。我从日常漫步大明宫时所拍的图片和视频中，选取了一部分发给了编辑老师。编辑老师看到我拍的一张《挥扇仕女图》雕塑图片，就问可有观众观看此雕塑的图片？不巧的是我手头没有，我就从网络上找了一张。当编辑老师得知有观众的图片不是我拍的，就希望我再去大明宫拍一些图片和视频发给他。我二话没说利用中午休息时间去了一趟大明宫，把我文中写到的唐美人雕塑全部拍了一遍，图片加视频大约有五十张，一股脑全部发给了编辑老师。拍的过程中，我又有了新的发现和感悟，又修改了第三稿。

《大明宫赏唐美人》初稿约四千两百个字，从体量看可以算是大散文。改到第三稿时，已精减压缩到三千九百个字。第三次接到编辑老师电话，听他告知我限于版面和内容，希望我继续精减压缩文字内容，最好把关于文物保护的内容另起篇章来写。我感觉有些头疼，实在舍不得砍掉文物保护方面的内容，但想想编辑老师说得有道理，就又狠下心来对自己的文字进行大刀阔斧地修改，也就是第四次修改。

第四次改完，文字压缩到三千字左右，我想这回总该可以了吧？ 谁知又接到编辑老师电话，他说由邮票上的唐美人引出大明宫里的唐美人雕塑，有点多此一举，希望我能继续删改。说实话，我不只头疼，而且感觉头都有点大了，我真的想放弃了！ 一篇短短的文字，改了一遍又一遍，改得我一点点自尊和自信都没了。编辑老师有可能感觉到我的情绪变化，只对我说："其实你现在的文字，已达到可以发稿的标准，但你的文字是给读者看的。一位作家，要爱惜自己的羽毛，把自己写出的最好作品捧给读者看。"

听完编辑老师的话，我触底反弹，非要写出个样儿来不可。那天我从深夜改到凌晨，如约给编辑老师提交了第五稿。编辑老师说这稿可以了，我就像获得了莫大的奖励，心里美滋滋的。

临刊发前，编辑老师又用校对软件对文字内容进行了校对，我把校对出的几个小问题进行了修订。算上这一次，《大明宫赏唐美人》一文，我总共修改了六次。去掉多余的、繁杂的、和主题无关的内容，最终呈现给读者的文字仅余两千字。

看着精减版的文字，我给编辑老师回信息："关于您昨天的'爱惜羽毛说'，我非常赞同！ 我是鸿雁嘛，更应该爱惜羽毛，像爱惜眼睛一样，这样才能飞得更高更远！"

一个报社的标准和思想，决定了报纸能够走多远。《中国青年作家报》和它的编辑们一起，致力于给读者奉献一篇篇有温度有内容有美感的文字。作为无数个普通的作者之一，我想文章投对了编辑，也就选对了报刊。

（2021 年 4 月于长安龙首原）

原载《中国青年作家报》2021 年 4 月 6 日

燕妮

　　"这天真是下傻了！再下玉米就长到三米了！西瓜全坏地里了！……"表姐在手机微信朋友圈里连发三句话，连发三个感叹号，隔着手机屏幕，我真真切切感受到她的深深焦虑。虽然她驻村帮扶的贫困村已脱贫，但她依然关心关注着村民们的粮食和作物。

　　表姐在咸阳市下辖的一个县的农业技术推广中心工作，这个县曾经是有名的"贫困县"。戊戌年夏初，表姐提前结束南京农业大学访问学者的学习生活，来到这个县的新华村，挑起了第一书记兼驻村工作队长的重担。

　　表姐驻村扶贫工作的动态，我基本上都是通过她的微信朋友圈了解到的。暮春时节，表姐站在仅有一尺多高的玉米地里，身穿天蓝色开衫，卡其色长裤，微风轻抚着她的披肩长发。田野开阔，玉米地的尽头是一排年轻的洋槐。更远处，是灰蓝的天空，云很多，很厚。在这幅田园风景画中，表姐是当之无愧的主角。田埂上围满了村里的男男女女，表姐正在给村民们讲解玉米的田间管理和病虫害防治。刚开始村民们不以为然，心想我们种了一辈子地，难道还不如你一个没种过地的黄毛丫头？可是听着听着，村民们服气了，这是一个懂专业懂技术的扶贫干部，是村民们真正需要的扶贫干将。

在昊天种植专业合作社，表姐手握一把嫩绿的芦笋，和几个农户正在商讨建设芦笋大棚的事。初夏的阳光，透过透明的棚顶，照射在表姐秀气的脸庞上，沉静的表姐就有了菩萨般慈悲的面容。她手握的芦笋，每根约有三十厘米长，纤细如飞天修长的小拇指。印象中的芦笋，应该是南方人餐桌上的佳肴，没想到现在的渭北原上，也可以种植了。表姐想方设法争取财政扶持专项产业发展资金，帮助村上建成十座芦笋大棚，带动贫困户二十四户。

转眼到了金秋收获的季节，表姐天天奔波在田间地头。仲秋，天越来越蓝了，蓝得透亮、高远；云越来越白了，白得炫目、迷人。蓝天白云下的花椒园里，表姐正在低头查看今年的花椒长势。表姐站在一树花椒前，握着一枝花椒枝，好似握着一柄金贵的如意，她的脸上漾开甜甜的笑容。疏朗对生的椒叶，深绿泛着光泽；一嘟噜一嘟噜的花椒，红艳透着麻香。椒树前的村民们，将表姐围在中间，每个人的脸上都有着红艳花椒般的笑容。在表姐的支持帮助下，新华村新建花椒园二百四十四亩，全村花椒栽植总面积达到四百二十四亩，小小的花椒变成了致富的红玛瑙。

大雪纷飞的寒冬，表姐又出现在村民的院落炕头。她组织医护志愿者为村民免费体检，帮村民义诊治疗，这时她是村民嘴里的"乖女子"；留守儿童的家里，她又化身为学校老师，给孩子们辅导功课，这时她是孩子们嘴里的"好姐姐"；村委会的办公室里，认真负责的她在整理资料、填写报表，这时她是班子成员嘴里的"女强人"；西安交大一附院的病房里，表姐因劳累过度生病住院，这时她是爱人嘴里的"傻媳妇"。

这就是我的表姐，一位心系农村、心系农户的扶贫干部，她有一个美丽的名字，叫燕妮。

（2020 年 8 月于长安龙首原）

　　《捣练图》是唐代人物画家张萱的名作。张萱是唐京兆（今陕西西安市）人。开元年间（713—741）任史馆画直（皇家宫廷画师）。据说《捣练图》原作早已失传，现在这幅是宋徽宗赵佶所临的摹作，1860年"火烧圆明园"后，《捣练图》被掠夺并流失海外，现藏美国波士顿博物馆。

　　2013年4月13日，中国邮政将这幅《捣练图》搬上邮票，一套三枚和一枚小型张。小型张是《捣练图》的全景图，完美再现了《捣练图》中宫庭贵妇捣练缝衣的场面；另三枚邮票按劳动工序分成捣练、织线、熨烫三组场面。

　　第一枚邮票描绘的是四位贵妇持杵捣练的情景。中间两位贵妇屈身持杵捣练，左侧着蓝色曳地条纹长裙的贵妇，正倚杵稍事休息。许是刚捣练结束，满月般的面容稍显疲态，头微微倚向木杵，借以休息。可是手底的动作却让人心生敬意，右手虽无力地垂着，左手却不由自主地去挽右臂的衣袖，好似随时准备捣练。

第二枚邮票描绘了织线的瞬间。画面中，一名高髻披红底印花披帛的贵妇侧坐在碧毯上，眼神看向指尖，指尖好似牵了一条线，神情专注，引人遐想。近旁坐于绣凳上的女子，着薄罗衫子彩格裙，额前发束中分垂向两颊，形成自然的桃尖，蛾眉秀目，眉间的花钿翠意滋生，与微嘟的樱桃红唇相呼应。右手纤纤捏金针，左手柔柔托白练，将唐朝贵妇劳作的瞬间刻画的惟妙惟肖，生动传神。

第三枚邮票反映了熨烫的场景。左侧女子勾首后仰，双手微微使力撑展白练；画面后方女子神情专注，正持熨斗熨烫；背身的小侍女微扯白练，以方便熨烫。

在那枚小型张中，画面中间撑白练的女子正垂首寻找女童，可淘气玩耍的女童已藏身白练下，弯腰、侧身、遮首的动作一气呵成，让人忍俊不禁；侧后方烧熨斗炭火炉的扇火女童，为避热而回首的瞬间神态，让观者隔着画面都能感到火炉热意袭人。

我虽无缘去美国波士顿博物馆观赏我们先辈的绘画珍品《捣练图》，但通过方寸邮票，我已充分领略了《捣练图》的神韵，欣赏了大唐美人的风采。

心里一直惦记着现藏于美国波士顿博物馆的名画《捣练图》，为那些流落海外的唐美人心痛。目前分散在全球四十七个国家的上百万件中国艺术珍品（此数据为联合国教科文组织估计），以及流失海外无法计量的中国文物何时能够回还？上自政府，下至民间，都在不遗余力地进行追索。

1997年，中国成为国际统一私法协会《关于被盗或者非法出口文物的公约》缔约国。按照《公约》规定，任何因战争原因被抢夺或丢失的文物都应该回还。但自《公约》签署以来，中国依照《公约》从海外追讨回的文物寥寥无几。目前，文物回流的方式主要有直接索回、送回、依法追索、回购等方式。2000年，保利公司和北京文物公司以3317万港币的价格从香港佳士得、苏富比两家拍卖行购得圆明园海晏堂大水法三件国家一级文物。2010年，流失到美国五年之久的珍贵文物贞顺皇后陵被盗石椁回到陕西西安。这也是我国首次通过法律途径成功追索回的国家一级文物。

热切期盼我们的祖国日益繁荣富强，有能力保护我们祖先遗留下来的珍贵文物。希望有朝一日，名画《捣练图》能够回归故土，让我们的唐美人早日结束异国飘零，回归日思夜想的故国故乡！ 让我们的唐美人在故国故乡的热土上放射永恒之光，散发永恒之美！

（2017年12月于长安龙首原）

秋游天竺山

不知不觉间，暑热渐消，秋凉稍长。金秋十月，蓝天是那样高远，白云是那样悠闲。凉爽的风，送来秋的问候。我在风中，闻到了黄栌、枫香的味道，她们好似在邀请我前往天竺山，登高赏秋，颐养身心！

从西安到山阳的天竺山，大约有一百六十公里的行程。车沿福银高速从容向东南方向驶去，一路饱览秦岭秋色，更增添了对素有"秦岭奇观"之称的天竺山的期待。

想到海拔2073.98米的天竺大顶，我们决定用一天时间来攀登游览。十一假期的一天清晨，身披缥缈晨雾，脚踏清新露珠，我们来到天竺山脚下。仰望天竺山，你会被它的雄伟气势所震撼；也许天竺山俯视我们，会觉得我们很渺小。处在群山环抱之中，呼吸着清新的空气，舒展一下慵懒的腰身，顿觉神清气爽、心旷神怡！

听说天竺山索道沿途景色很美，遂决定前半程乘坐索道游览。坐在吊厢里，万里川原一览无余，山峦叠嶂，奇峰林立。秋姑娘悄然走来，给黄栌、枫香添点火红，为梧桐、黄连抹点金黄。也许秋姑娘被天竺山的美景迷住了，一不小心，打翻了调色盘，只见漫山遍野的苍翠中，这里一点火红，那里一抹金黄，还有紫红、橙黄等色，天竺山在秋姑娘巧手装扮下，变身成为一位身着锦衣华服的英俊少年。也许他不愿以真面目示人，总以密林云海来遮掩他俊朗的容颜。凌空俯视，天竺山给人一种超凡脱俗的美：白色云雾在山腰飘荡，蜿蜒小路在山间延伸，灿烂秋叶在林间跳跃。福娃不由自主地吟诵起唐朝著名诗人杜牧的诗句："远上寒山石径斜，白云生处有人家。停车坐爱枫林晚，霜叶红于二月花。"也许只有这千古绝唱才能表达她此刻惊艳的心情。

凌空游览还未尽兴，我们又踏上了步行登山的旅程。恰逢国庆佳节，前来览胜的游客络绎不绝。沿着青石板铺就的台阶，我们行进在大森林的天然氧吧中。走着走着，忽然迎面一座山峰挡住了去路，人们于是穿山凿石打通了通道，名曰"琼天洞"。踏入洞中，只觉冰凉寒意扑面而来，若是盛夏时节，必是避暑的好地方。洞内宽阔深长，人们鱼贯而行，约莫一刻钟的时光，终于穿山而过。心里不由感慨山阳人民的聪明才智，变天堑为通途。同时遥想古代伟大的地理学家徐霞客，在没有缆车、石阶的情况下，是如何攀登三山五岳、遍赏名山大川的。

越往上行，山势越发陡峭，悬崖峭壁上的华山松愈发遒劲挺拔，转过一个山弯，一柱白色擎天的巨大山柱赫然矗立眼前，山头和山体岩石的缝隙之间顽强地生长着华山松。梦幻般的云雾在山柱四周飘荡，仿佛仙人特意鬼斧神工建造的擎天巨柱。原来这就是如雷贯耳的"天柱摩霄"，丰阳八景之一……也许上天太钟爱自己的杰作了，派了云雾仙子来助阵。刚才还只是淡淡的云雾如影随形，慢慢的云雾越聚越多，从山脚汇聚，飘荡于山腰，最后升腾上山顶，连擎天的巨柱都快被淹没了。云山雾海变幻莫测，天柱山在云遮雾绕下，显得更加神秘莫测。"天竺云海"久负盛名，我们是何其有幸可以目睹这仙境奇观，仿佛自己也羽化成仙，神游天界。

直到脸颊有轻微的雨丝拂过，我们才从仙境中回过神来。也许是雨丝扰了云海的兴，云雾渐渐的淡了。思绪还未从"天柱摩霄""天竺云海"的震撼中抽离出来，又被眼前的险峻绝美所征服。绝立的山梁上悬挂着一条曲折的栈道，沿着凌空的栈道，我们小心翼翼地攀爬着。福娃紧张得手心都冒汗，小手紧抓着我的手，另一只手抓紧旁边的护栏、铁链等；我也丝毫不敢大意，握紧她的小手，直到山梁拐弯处的白色凌云亭，才稍稍松了口气。站在亭中，极目远眺，层峦起伏，层林尽染，山岭间道路宛若白色飘带，缥缈的云雾就像魔法师，使山峦时隐时现。回首看向来时路,一面临壁,一面悬空;转身望向前路狭窄的山梁,真是让人胆战心惊! 山梁不过两人宽,如刀削斧劈一般,绝立在云雾之中,"刀背梁"真是名不虚传! 在如此窄的山梁上,两人并行都有点嫌挤,人们只能依次攀爬。因为山梁狭窄,所以我们只好采取福娃爸爸打头、我殿后的措施,将福娃护在中间,揪着心也只能让她自己攀爬,实在不便于和她牵手并行。

提心吊胆地穿越"刀背梁",眼前豁然开朗,一幢幢别致的小木屋坐落在山顶相对平缓处,想必建造它们也是费了很大功夫的。住在山顶温馨的小木屋,可以夜听松涛,晨观日出,想想都觉得美! 转过木屋区,终于看到天竺大顶的碑,这里是天竺山海拔最高处,真有"会当凌绝顶,一览众山小"的气势! 环顾四周,群峰连绵,秋色绚烂。站在群峰的最高处,感觉自己是如此的渺小;看看踩在脚下的大山,又体味出"山高人为峰"的深意来。人的一生,就是在不断的攀登与超越中前进。

(2016 年 10 月于长安龙首原)

原载《西安晚报》2017 年 11 月 15 日 11 版《终南》;入选第三届全国青年散文大赛作品集《如歌岁月》

苇花轻扬

　　又是苇花轻扬时，广袤的平原，纵横的河渠，大片大片金黄的稻田，远看如红宝石般点缀其间的枸杞园，到处都有苇花飞舞。是啊！　又到了塞上明珠——宁夏的好季节。这样迷人的季节，这样灿烂的阳光，手捧粗犷而又细腻、质朴而又淡雅的《西北军事文学》，我的思绪飞回到火热的世纪之交，飞回到那个盛夏之日。

　　那年妈妈、妹妹来看我，遂于八一建军节相携去沙湖观光。临行前，从战友处随手拿了一本杂志，准备在车上看。

　　旅程开始了。我取出杂志，是2000年第3期的《西北军事文学》。大山密林中九曲蜿蜒的公路，群山环抱的碧绿湖水，很像天山天池，但不知是不是？ 这就是那期的封面，至今我还记得。因为它让我想起我的童年，想起在乌鲁木齐的五年快乐时光，想起父母带我去天山天池游玩的情景。

翻开来，一页一页看过去，《天马叩穹庐》《感受昆仑》《难忘阿里》《祁连雪》等，洋溢着浓浓的西北风情，折射出淡淡的军旅情怀。我看得入迷，以至于把妈妈、妹妹冷落一边。她们"收缴"了杂志，要我好好放松。

初到沙湖，迎面而来的是荷塘柳堤。在宋朝杨万里"接天莲叶无穷碧，映日荷花别样红"的诗句里走近沙湖，感受沙湖，观柳的婀娜，嗅荷的芬芳，迟迟不忍离去。远望一簇一簇芦苇，一汪一汪碧水，绿得晃眼，让我仿佛回到梦里水乡。坐上游船，置身其间，有一种"人在画中游"的感觉。八月，正是苇花轻扬时，翠绿的顶端，是温柔的苇花，她迎风摇曳着，跳着自己最美的舞蹈；抚育她、滋润她的沙湖水，正荡起圈圈涟漪；不知名的水鸟不时低空掠过，发出清脆的叫声；悠闲自得的鱼儿在水中游来游去，充分享受着大自然的赐予。不经意间，沙山已经到了。下了船，踩着金黄绵软的细沙，感慨着造物的神奇。

一面是"江南水乡"，一面是塞外大漠。只有大自然才有这样的鬼斧神工。沙湖给我的初次印象正如《西北军事文学》所给予我的感受一样，粗犷中不乏柔情，质朴中透出雅致。

作为大西北的女儿，我从小就跟随父母走遍了西北五省区。我出生于陕西，童年在新疆度过，高中、大学在甘肃，上高中期间曾去宁夏参加过一次比赛，军训又奔赴青海。看来这辈子注定要和大西北结缘。

曾经夜爬华山等待看日出，也曾孤身一人领略贺兰山的冷峻。巍巍昆仑，皑皑雪山，三江源头，黄河岸边，每每想起这些，总觉激情难抑，热血沸腾。大西北的军旅作家，在这样的山水面前，岂能不动容？

火热的军营火热的兵。军中儿女用火热青春抒写火样年华、火热军营。大西北的军旅作家，成长于火热军营，有许许多多可爱、可敬、可亲的战友，在他们面前，怎能不感动？一支支生花妙笔描绘大西北的山川河流，描写边陲戍边官兵的喜怒哀乐。《西北军事文学》为我们展现了一幅幅当代军人的生活画卷。

又到苇花轻扬时，想起沙湖，想起和《西北军事文学》的一见如故。愿《西北军事文学》永远年轻、永远鲜活、永远焕发蓬勃生机！

(2002 年 8 月于部队)

原载《西北军事文学》2003 年第 2 期

冷热武侯祠

丁酉年，我们一家在成都欢度春节。

大年初二，我们怀着崇敬的心情拜谒武侯祠。现在成都的武侯祠由三国历史遗迹区(文物区)、西区(三国文化体验区)以及锦里民俗区(锦里)三部分组成，享有"三国圣地"的美誉。

成都武侯祠是中国唯一的一座君臣合祀祠庙，也是久负盛名的诸葛亮、刘备及蜀汉英雄纪念地。

拜谒武侯祠，印象最深的是唐代"蜀丞相诸葛武侯祠堂碑"。此碑由唐朝著名宰相裴度撰碑文，书法家柳公绰(柳公权之兄)书写，名匠鲁建刻字，因文章、书法、刻技俱精被称为"三绝碑"。据说制作"三绝碑"的石料也非成都本地石材，而是来自西安的南田石，此南田石是否应为"蓝田石"还有待考证。在汹涌的人潮中，我挤来挤去地绕着碑转了好几圈，碑阳、碑阴、碑侧遍刻唐、宋、明、清时代的题诗、题名、跋语。

转的过程中，一位精神矍铄的老先生引起了我的注意：只见他仰观碑文正面，嘴里念念有词，左掌平托，右手食指以指作笔，正在掌心描摹碑文字体。多么有心的老先生啊！也许他是一位书法家，也许仅是一位书法爱好者，可是他如此投入的学习态度，真是让人肃然起敬！我将老先生指给孩子看，孩子也被老先生好学的精神感动了！

在西安高陵白象村渭水桥北，也有一通"三绝碑"——《李晟墓碑》。唐朝末年，朱泚作乱，唐将李晟率兵驰援，大军驻扎今东渭桥畔，经激战后收复京城，迎回了唐德宗。李晟死后葬在当日驻军之地，即今之墓冢所在地。墓前石碑为唐宰相裴度撰文，唐书法家柳公权书写，名匠刻字，世称"三绝碑"。

想想两处的"三绝碑"，有异曲同工之妙。均为唐宰相裴度撰文，名匠刻字，唐书法家柳公绰、柳公权兄弟俩分别书写。一碑赞蜀丞相诸葛亮，一碑颂唐大将李晟。"文能提笔安天下，武能上马定乾坤。"对文臣武将的褒奖，也反映了历朝历代对文治武功的向往。

我们随着人流依次参观拜谒了刘备殿(昭烈庙)、武侯祠、惠陵、三义庙等处，我边走边给孩子讲着《三国演义》中"桃园三结义""三顾茅庐"的故事。孩子一边参观,一边听着故事,《三国演义》中的人物好似活生生地站在眼前,孩子对中国古典四大名著之一的《三国演义》有了鲜明直观的印象。

在武侯祠大殿的门柱上,有一副对联格外醒目:"能攻心则反侧自消,从古知兵非好战;不审势即宽严皆误,后来治蜀要深思。"这是清人赵藩所撰写的"攻心"联,被列为全国十大名联之首。提醒后人治蜀、治国时要借鉴前人的经验教训。其实,这个道理放之四海而皆准。无论生活、工作还是学习,皆有可学习和借鉴之处。例如写文章,也要宽严结合,松紧适度,缓急得当。又比如教育引导孩子,也不能一味严厉,要宽严适度才好。

正所谓"拜武侯、泡锦里",夜晚,在璀璨的新春灯展中,我和家人夜游锦里,品尝美食。

在摩肩接踵的人群中,不由想起乙未年春季,油菜花初开的季节,我在汉中勉县拜谒过全国最早设立的武侯祠。恰遇祠内古旱莲盛开,却是难得一遇之奇观。汉中勉县武侯祠是皇帝下诏修建的,比成都武侯祠早建约五十年,号称"中华第一武侯祠",与武侯墓隔汉江遥遥相峙。油菜花开放时节,是汉中勉县的旅游旺季,可惜勉县武侯祠人流量不大。勉县武侯祠的冷清和成都武侯祠的火爆形成鲜明对比,看来陕西在文物保护利用和旅游推广方面,要向四川好好学习。

冷热武侯祠,究其原因,不外乎以下几点:首先是地域的影响。成都武侯祠位于大城市核心区域,交通便利,人员密集；勉县武侯祠位于汉中勉县，距省会西安三百多公里，驾车需五小时左右，外地游客参观较不方便。其次是保护理念问题。人的思想价值观念要跟上去，保护文物就是保护历史。保护历史，我们会明白，我们的子孙也会明白，他是怎么来的，我们会走向何方？ 再次是要加大宣传力度。引入现代化手段进行展示，多走出本地进行宣传推广。最后是思想观念要改变。一些人认为遗址保护是花钱的事，弄不来钱，因此积极性不高，这是观念有偏差，思维观念达不到应有的高度。

反观成都武侯祠，积极打造旅游文化产业，越做越红火。成都武侯祠门票只有四十元，功夫却不在门票。一个旅游点带红一座城，特别是当下，人们的旅游需求较旺盛，吃住行购物等，会产生连锁消费。小小武侯祠，成就大产业。

冷热武侯祠，留给了我们深深的思索。

（2018 年 8 月于长安龙首原）

泸沽湖的小白花

　　泸沽湖湛蓝澄澈，就像上苍遗落人间的蓝宝石，美得令人心醉！那一望无际的蓝色，仿佛蓝天融化在其中；洁白的云彩倒映湖中，分不清湖水与蓝天的界限。远处格姆女神山高耸云天，她伸出双臂环抱着泸沽湖，好像环抱着她最心爱的宝贝。

　　漫步情人滩，满目手拉手的爱侣，依偎而行的情侣，真不枉"情人滩"之称！掬一捧清凌凌的泸沽湖水，润润唇舌，自有一股甜丝丝的滋味涌上心头。远处湖面上，漂浮着洁白的小花朵，看不到绿叶，也看不到枝茎，就那么遗世绝立地漂在湖面上。不由好奇，这是什么花？怎么从未见过？亦未听说过。

身旁走过售卖土特产的摩梭少年郎，我赶忙拉住询问。少年郎张嘴露一口白生生的牙齿，略带羞涩地告诉我这叫"水性杨花"。"啥？ 水性杨花！ 你确定？"我惊讶又迷惑。少年郎郑重地点点头，挎着小篮走远了。

怎么会有这么奇怪的花名？ "水性杨花"在我记忆中，一直是以贬义词出现的。我从未想过它会以一种洁白无瑕的水生植物形象出现，这给我的反差太大了，大到我无法相信，也无法接受。就像一位多年被人们诟病的品行不端的女子，某一天，却突然发现人们误解了她，她其实纯洁得像天使。今天在泸沽湖畔的所见所闻，真是令我大开眼界、闻所未闻！

我坐上摩梭人特有的猪槽船，划行泸沽湖上，渐渐靠近大片水性杨花的区域。离近了才看清楚，水性杨花原来是有根茎叶的，只不过没在湖水里，远观看不到而已。那白色小花，柔若无骨，冰清玉洁，让人心生爱怜。小白花尺寸约有铜钱大小；花瓣薄而透亮，就像西施所浣的轻纱；花蕊嫩黄，好似白玉糕上点了一点蟹黄，让人垂涎欲滴。听撑船的摩梭女子介绍，水性杨花真的可以吃，凉拌或炒菜均可，味道鲜美！

这么有趣的小花，白玉无瑕又风姿绰约，它深深勾起了我的好奇心！ 查阅资料才知水性杨花的学名叫波叶海菜花，它对生长环境和水质要求颇高，只能生长在无污染纯净的活泉水中。只有泸沽湖纯净的湖水，才适宜它生长。这么奇特的小花，完全可以担任环保形象大使，有它生长的地方，一定环境优美、水质优良。

大千世界，无奇不有。古人云：读万卷书，行万里路。若不是来到泸沽湖，若不是亲眼看到，水性杨花在我的印象里只会是一个贬义词，现在看到实实在在的水性杨花，它还是一种美丽的水生植物，具有良好的保健功效，还具有监测水质的本领。所以除过书本上的知识，大千世界中还有很多未知的事物等待我们去发现，去认识，去了解。

坐船游览了风光绝美的泸沽湖，弃舟登岛观赏湖中仙岛美景，我被世外桃源般的景致陶醉了。晚归，店家捧出各样特色小菜，水性杨花赫然在列。碧绿的水性杨花茎叶及花蕾，配以红椒丝、蒜瓣、姜末清炒，摆放在白玉瓷盘中，看起来极为诱人！众人皆持箸品尝，我却下不了筷。

想起蓝色湖面上漂浮如透明水母的水性杨花，那样美丽的天然尤物，却逃不过人们的口腹之欲。听店里老板娘说，以前湖面上大片大片的水性杨花，望不到头，划船都会缠住桨。现在水性杨花越来越少，越来越不好采摘了，快被人们采完了，吃尽了。老板娘所说的情形，越发让我心痛和忧虑。有多少珍稀的动物，正被人类毁灭；又有多少珍贵的植物，濒临灭绝。

人类活动的影响，环境的恶化，气候的变暖，以及人类味蕾的贪婪，导致大量的珍稀生物正在灭绝或濒临灭绝。据科学家预测：如果照目前的情况发展下去，三分之一到三分之二的动植物种类将会在 21 世纪的后半期消失。这听起来也许有些危言耸听，但对这种仅产于泸沽湖的珍稀水生植物——水性杨花来说，假如人们不加以保护，随意不加节制地采摘，终有一天，它只会成为图片上的美丽植物，我们的子孙将无缘以见。

娇嫩柔美的水性杨花，愿你得到人们的珍爱和保护，愿你永远漂浮在蓝色的泸沽湖上，躺在母亲湖的怀抱里，生生世世，永永远远！

（2018 年 8 月于长安龙首原）

原载《西安日报》2020 年 8 月 17 日 8 版

玖 长安美食

美食

春天里春发生

辛丑年春节期间的天气，好得就像这吉祥的节日。元宵节前，突然降温下雨，人们又将厚衣服穿上了身，我也主动穿上准备收起来的羽绒服。即便如此，我还是觉得寒气侵入了身体，又是打喷嚏又是流鼻涕，肠胃也觉得又寒又凉，浑身不适。

想起之前女儿备战小学升初中考试时，也是这样一个乍暖还寒的冬末春初时节，也是淅淅沥沥的春雨不歇。女儿因学习强度大，淋了雨受了寒，出现打喷嚏、流鼻涕症状，还伴有胃肠道不适，手足冰凉。上完课外培训班，女儿没胃口吃午饭。那可怎么办呢？ 总不能饿着呀。这样的天气，那就去吃葫芦头吧。

女儿上课的地方，离南院门不远，我们就去了"春发生"。老西安人都知道，"春发生"是老字号的葫芦头泡馍馆。这里的葫芦头可不是葫芦啊，而是特指大肠与小肠相连接处约一尺长的肥肠，其形粗大状如葫芦，故名葫芦头。我之所以带女儿去吃"春发生"，是突然想起药王孙思邈的"以脏补脏""以脏治脏"食疗理论。葫芦头泡馍热汤泡热馍，白色精肠肥而不腻，既驱寒意，又补肠胃。

当女儿得知葫芦头是某段肥肠时，刚开始不敢吃，也不愿吃。后来我告知她很好吃，她就先用小勺舀汤尝了尝，没想到一尝就放不下了。曾经挑剔的筷子也不挑剔了，举起筷子夹着泡馍块和肥肠段，一口泡馍，一口热汤，不大一会儿工夫，一碗葫芦头泡馍咥完了。女儿出了一头的汗，一身的水。

我不由觉得好笑："你不是不敢吃不愿吃吗？我看你最后吃得比谁都香。"

女儿不好意思了："刚开始我有点害怕、有点担心，没想到一尝，竟然很好吃哎！吃完一碗葫芦头泡馍，感觉我的病都好了。"

同样的季节，同样的春雨，我这次的症状和之前女儿的症状相似。看着我病蔫蔫的样子，女儿提议去吃"春发生"。她拉着我的手对我说："妈妈，走，咱去吃'春发生'葫芦头泡馍，吃完你的病就会好的。"

"你也准备学药王当医生啊？"我故意调侃女儿。

"可不？专门为你看病。"女儿的另一只手像模像样地摸了摸我的额头。

"好！咱走！"说走就走，我和女儿打出租车直奔"春发生"南院门总店。听说总店刚刚装修完不久，我俩很是期待。

来到南院门总店，这是一座位于街道拐角的铺面，店面整体风格古香古色。朝南的正门口，"春发生"三个大字也透着悠悠古意，烘托着"中华老字号"和"陕西非物质文化遗产"的尊贵身份。店门口的楹联可是大有来历，出自陈忠实老先生的手笔："两千年世纪交替春去春来春发生，八十载沧桑难改原汁原味葫芦头。"楹联体现了一位特别的食客和文化人对"春发生"葫芦头的深情厚谊。世纪之交已过去二十余年了，现在的"春发生"可是名头响当当的百年老店，号称"百年春发生，传奇葫芦头。"这个百年老店每天吸引着来自全国各地的美食爱好者，当然还有本地的老饕们和年轻人。

春雨绵绵的日子里，我们来到"春发生"，自然而然会想起"好雨知时节，当春乃发生"的诗句，这是唐代大诗人杜甫《春夜喜雨》一诗中的名句，用来当店名真是再好不过了。正是中午饭点，等座的客人很多。在等座的过程中，我顺着店面把"春发生"外围整体转了一圈。正门右侧是"五一大包"的外卖档口，不时有客人来买各种口味的包子。转到左侧拐角处，是各种熏肉、卤制品和凉拌的档口。看到刚刚切好盛盘的梆梆肠，闪着油润的光泽，散发着熏肉特有的香味。转过拐角，来到西侧门，一只可爱的葫芦图标高悬门头旁。进入西侧门，有一张条案，上面摆放着一只造型圆润的葫芦，不知可曾是药王孙思邈赠予的那只药葫芦？ 美好的传说总是带给人美好的想象。

我们等了约莫十分钟，终于排到座了。进得店内，感觉整体环境温馨典雅、布局合理。大厅摆设四人方桌、六人圆桌，沿窗一溜双人桌。此时大厅里已坐得满满当当，有本地人，还有外地游客；有老人，还有小孩；有帅哥，更有美女；有商务聚会，还有家庭聚餐，更有甜蜜的小情侣。我和女儿坐了靠窗的双人桌，扫二维码点了精肠葫芦头、老味道葫芦头、两个饼、香葱雪魔芋、金牌锅贴。

我俩掰好白果大小的馍块，一会儿工夫，雪魔芋、锅贴和泡馍就上桌了。我吃老味道葫芦头，女儿吃精肠葫芦头。老味道葫芦头是秘色的瓷碗里盛着红艳艳的一碗，汤面上漂着香菜碎、香葱段、红辣椒油，泡的饦饦馍块也飘浮在汤面上，周边围着炸好的丸子、鹌鹑蛋，再配上黑木耳和白粉丝，主角当然是白色的肥肠段和馍块。吹开汤面上的红油，汤色乳白浓稠。我先喝一口热汤，暖暖唇舌和肠胃，汤味醇厚，鲜香适口。夹一块白白嫩嫩的肥肠段，软糯有嚼劲。再夹一筷子吸饱汤汁的馍块，那叫一个美！

女儿的精肠葫芦头看着也很诱人。汤饼、精肠在下面，上面盖着粉丝，撒上绿绿的蒜苗和香菜，最上面点缀几颗红红的枸杞，让人很有食欲。女儿一改以往文雅的吃相，也像老食客一样溜着碗沿吃。葫芦头泡馍汤浓肉美，香葱雪魔芋酸爽有味，金牌锅贴外皮酥脆，内里鲜香，母女俩吃得那叫一个心满意足。

吃完葫芦头泡馍，我舒舒服服地出了一身一头的汗，感觉体内的寒气被逼了出来，胃肠道暖暖和和的，不打喷嚏也不流鼻涕了，受凉引起的浑身不适也被赶跑了。看来药王孙思邈提倡的"以脏补脏""以脏治脏"食疗理论，在"春发生"得到了很好的继承和发扬，他曾送给店家的药葫芦，可真是宝葫芦啊！

春天里的春发生，葫芦里的葫芦头。您若问"春发生"的葫芦里装着什么？ 我会告诉您："春发生"的葫芦里装着美食，装着养生，装着百年老店的品质与服务，装着西安城老南院门的记忆。

（2021 年 3 月于长安龙首原）

原载《羊城晚报》2022 年 4 月 7 日《花地》

一碗深情的浇汤面

陕西人爱吃面有可能是娘胎里带来的，就像胎记一样与生俱来。早晚吃馒头，中午咥黏（陕西方言，音 rán）面，一天三顿面食都不嫌烦。

妈妈是典型的陕西关中女子，做的一手好面食。家里来客人了通常上浇汤面，一筷头面，浇上红艳艳的酸辣热汤，上面漂着翠绿的韭菜花子和金黄的鸡蛋碎，看着都让人垂涎。日常中午做油泼面、
面，油泼面和
面的制作方法有点像，油泼面多用手擀面，宽窄随自家心意；
面多用扯面，要扯成两三指宽的面条，才有那"面条像裤带"的忒色。将宽面条煮好放入碗中，上面撒匀葱姜蒜、辣椒面、适量盐、五香粉等，将油趁热迅

速泼在面上，随即一股爨香扑鼻而来。晚上或寒冷的日子就烩上一锅面片子，切成菱形的面片子游弋在西红柿酸汤中，就像一条条小比目鱼在悠游。

妈妈年轻时多自己和面、揉面、擀面，后来上了年纪胳膊上没劲了，擀不动了，就买现成的挂面。妈妈虽说会擀面，但家里还是常备手工空心挂面和机器挂面，手工空心挂面纯手工传统工艺制作，机器挂面全程质控自动化加工，都符合绿色健康的食品标准，两种挂面各有各的不同，各有各的好！

犹记坐月子时，小米粥、鸡汤、排骨汤轮番上场，我心里总惦记着吃面。妈妈是那样聪明的人，不用问都知道我馋啥吃食了。她特意取出鸡蛋挂面，因为她知道此种挂面除了食用盐外，没有任何添加剂，鸡蛋挂面还比普通挂面增加了鸡蛋的营养，更适合坐月子的人食用。

妈妈把面煮得稍稍软一些，然后炒点西红柿酱和韭菜花子，悬点鸡汤，上面再漂点小葱花，适量盐、少量米醋和酱油，调成可口酸汤，浇入煮好的鸡蛋挂面中。我端起盛着改良版浇汤面的白瓷碗，西红柿酱的红色代替了油泼辣子的红色，葱白色小葱花、韭绿色小韭菜花漂浮在浅红色的汤面上，一筷头鸡蛋挂面稍稍露出点头，就像大海中的冰山一角。

我用筷子轻挑鸡蛋挂面，在汤里微微一摆，带点西红柿、葱花和韭菜，珍而重之地喂进嘴里。然后闭目细品，还是记忆中熟悉的味道，面爽滑，汤酸香，确是难敌的美味。我两三筷子把面吃完，又把酸汤喝净，妈妈又适时地递给我一碗。我连汤带水吃了三碗还嫌不过瘾，还想吃。妈妈拿走空碗说："差不多对咧，不敢瓜吃（傻吃），还在月子里呢，吃啥要抻着（陕西方言，意为适量）。"我满怀遗憾地嘟起了嘴："还没吃过瘾呢！"

勤快能干的妈妈，不但成功地让我不用学习擀面，而且我还可以心安理得地享受她做的各种美味面食。可惜这样的好日子在我成家后就变成了奢侈，想吃面，只能买挂面或去面条店里买新压的鲜挂面。只有妈妈来的时候，才能吃上手擀面。我的女儿从小由我妈妈帮忙带着，饮食习惯决定了她也是面肚子，几天不吃面就想得慌，特别是生病的时候。

一家人都爱吃面，自然我的小家里也经常做手工空心挂面和机器挂面。一个冬日，女儿因扁桃体发炎发烧在家病休。早晨我熬了白米粥，拌了点小青菜，女儿只喝了几口粥。中午我蒸了米饭，炒了女儿爱吃的香菇油菜、手撕包菜，她也只吃了个碗底底。一天快过完了，女儿只吃了这点米米，让我不由得担忧起来。看来只能出大招了，做她爱吃的浇汤面。

扁桃体发炎不能吃辛辣刺激性的食物，那就做妈妈那款改良版的浇汤面。炒西红柿酱，爁（陕西方言，音 lán，意为炒）韭菜花子，切小葱花备用。铁锅内烧少许热水，放入之前熬好的排骨高汤，调入盐、鸡精、米醋和酱油，再放入西红柿酱、韭菜花子，撒入小葱花。我用铁勺舀一口酸汤，就着勺沿一尝，酸香味美，酸汤就调好了。这时煮锅内热水已烧好，我特意选了胡萝卜挂面。这款挂面里添加了蔬菜胡萝卜，胡萝卜中所含的木质素可增强抵抗力,所含胡萝卜素可补肝明目,食用胡萝卜挂面对少年儿童特别好。我从包装袋中取出两小把胡萝卜挂面,放入烧开的热水中,一两滚就熟了。再用沥水漏勺捞入碗中,浇上调好的酸汤,看着和妈妈做的也不相上下。

我把浇汤面端给女儿,心里期盼着女儿的表扬。女儿虽然身体不适,但挑剔的味蕾依如往常。女儿先端起碗闻了闻香味,然后稍稍挑起一点面放入口中慢慢咀嚼,又小小地喝了一口酸汤,咂吧了一下嘴,言语含蓄地说:"比我姥姥做的浇汤面差点,不过对妈妈来说也不容易了。"

"不知还差点啥?说出来妈妈以后好改进。"自认为此次的浇汤面做得还不错,表面上虚心请教的我,实则想听听女儿的对比意见。

女儿歪着头想了想:"我也说不出来,反正就少了种味,也许是少了功力和火候吧!"看着我失望的神情,女儿突然扑哧一下笑了起来:"逗你呢!很好吃呀,我要吃好多碗。"女儿就像饿了很久的小花猫,头也不抬地吃了起来。

"那可不行!只能吃三小碗,吃多了会积食加重病情。"我学着妈妈的样,想要控制着病休中女儿的饭量。我的话音刚刚落地,女儿第一碗面已见底。我赶紧浇好第二碗和第三碗面,一并端了过来。

女儿把三小碗浇汤面吃得汤汁不剩,碗就像被小花猫舔过一样干净。就这她还意犹未尽,直到我答应她明天还做浇汤面才罢休。一碗地道的浇汤面,在我和女儿最娇弱最需要呵护的时候,给了我们开心的食欲和美食的力量。一碗地道的浇汤面,在我的妈妈和我成为妈妈后,延续传承着我们对子女的关爱。

人的味蕾是有记忆的,人的肠胃是有感情的。一味家乡的特色餐,一道妈妈的家常饭,传递着浓浓的亲情与爱意。在我最需要关照的时候,一碗深情的浇汤面,养了我的胃,暖了我的心;在我的女儿最需要关爱的时候,一碗深情的浇汤面,润了她的喉,舒了她的心。一碗普通的浇汤面里饱含着深情,饱含着关爱,饱含着人间大美与大爱!

(2020 年 11 月于长安龙首原)

红玫瑰与胡萝卜

一束红玫瑰，像一团红色的火焰在向我招手。每一枝花茎都很端直，上面布满了硬刺，硬刺尖端朝下，好似带着倒钩。玫瑰叶交错生长，一枚叶柄上通常生出三片羽状复叶，叶子呈椭圆形，边缘呈锯齿状。花蒂有五片花萼，呈细长柳叶状，边缘有针形小萼尖，上托红丝绒般的玫瑰花。含苞的，花瓣一层一层包得很紧，就像蚌一层一层包裹它的怀中沙。绽开的，也很含蓄，微张着口，好似爱神微启她的烈焰红唇。

我捧了红玫瑰回家，用一瓶清水供着。印象中，总以为玫瑰是有香味的，可是这束红玫瑰没有香味，让人稍稍有些遗憾。每日下班回家，推门而入，红玫瑰总站在客厅入口处迎接我。那样的红艳，那样的热烈，让人忍不住要多看几眼。一天一天过去了，含苞的开始绽放，绽放的微微垂下了头。

一天回家，一片红丝绒般的花瓣脱落下来，落在花瓶中的水面上。清水、绿叶、红花瓣，亦是一种美。那落到水面的花瓣，像一叶小舟漂浮在水面上。我想，晚上睡着后，会不会有萤火虫飞进来，在那片花瓣上入眠。或者小燕子背来了拇指姑娘，将她轻轻放在花瓣上，希望她能做个美梦。

每日清晨，我总会急急地来看我的红玫瑰。没有萤火虫，更没有拇指姑娘，只是水面又多了几片花瓣。"花无百日红"，看来真是这样啊！ 在应该怒放的时候，就尽情怒放吧！ 莫辜负了好时光！

母亲总念叨："买鲜切花太浪费了！ 又养不了多久，最多一周左右时间，还不如买蔬菜和水果呢。"

"怎么会浪费呢？ 鲜花不仅养了我们的眼，还愉悦了我们的心情，多好啊！"我边给红玫瑰换水，边和母亲闲聊。

母亲指着厨房台面上的胡萝卜对我说："你看，你买一束红玫瑰的钱，够我买一网兜的胡萝卜了。"

给红玫瑰换好水，我进厨房和母亲共同做晚饭。母亲准备做土豆烧牛肉，她正在处理牛肉。我打下手，洗土豆、胡萝卜，并给它们削皮切块。母亲买的胡萝卜很新鲜，外观橙红色长圆锥形，表面有白色细线状横凹槽，凹槽上生长着硬硬的白毛。我很细心地清洗，并用刮皮刀小心地刮去白毛，然后切成两厘米见方的滚刀块。土豆也如法炮制，再择点葱、姜、蒜，备好干红椒、八角，各样调料若干。

母亲已将牛肉块焯好捞出，炒锅内烧好糖稀，先放入牛肉块翻炒上色，再放入葱、姜、蒜、干红椒、八角翻炒，加老抽和料酒，翻炒均匀后，加清水烧开，我适时放入土豆块和胡萝卜块，加适量盐调味。一会儿工夫，牛肉的香味飘散开来，我肚子里的小馋虫也蠢蠢欲动了。土豆烧牛肉出锅后，放在白玉瓷盘中，牛肉褐红，土豆油黄，胡萝卜艳红，撒点翠绿的香菜点缀，煞是好看。

饭菜端上桌，待母亲动筷子后，我也迫不及待地开吃了。牛肉味浓肉烂，土豆软糯可口，胡萝卜香甜绵软。母亲边给我夹菜边说："你看看，土豆烧牛肉中放入胡萝卜，色好看，有营养，还好吃。"

"嗯，真好吃！下次多放点胡萝卜，还可以亮眼睛。"我刚吃完一块胡萝卜，顺口称赞着母亲的厨艺。

"是呀，不像你买的玫瑰，只能看不能吃。"母亲趁机教育我。

"谁说玫瑰只能看不能吃？玫瑰可以提炼玫瑰精油，可以泡茶，还可以做香薰……"我给母亲说着玫瑰的用途。

母亲放下筷子，用手指点着我的额头："就你的小道理多！"

我揉揉额头，继续吃晚饭。客厅和餐厅相连，我坐的位置，刚好可以看到花瓶中的红玫瑰，它依然红艳热烈。我嘴里嚼着胡萝卜，眼里赏着红玫瑰，我的心情是那样惬意，我们的生活是这样有滋有味。

左手红玫瑰，右手胡萝卜，生活不只是柴米油盐酱醋茶，还可以有琴棋书画诗酒花，这才是最真实的生活之美！

（2019 年 11 月于长安龙首原）

明城墙根下的陕南美食

冬日上午，我闲来无事，沿着西安明城墙西城墙内的顺城巷由北往南闲逛。西北角城墙内左手边，有一座陕西地区唯一的藏传格鲁派寺院——广仁寺，红墙碧瓦，庄严肃穆；右手边为中国现存规模最大、保存最完整的古代城垣——明城墙，青砖黛石，古朴庄重。抬头望向城墙围起的一方天空，阳光透过冬日的浅蓝，清清淡淡地洒下来。我慢慢地踱着步，听着悠远的箫声，感悟着岁月静好。

走着走着，左前方飞檐翘角、雕花刻字的门脸吸引了我的目光。走近细瞧，原来是一家陕南味道的私房菜馆。朱红色门柱旁，镌刻着一副对联："风味茶饭野菜香，特色美食方流远。"信步而入，正面照壁前摆放着陶瓷大酒罐，照壁上有关于"摔碗酒"的简介，围有一联：上联"千古忠义酒"，下联"万代留丹心"，横批"四海同春"。看来，这不仅是一家颇有地方特色的陕菜馆，还是一家很注重陕西饮食文化内涵的陕菜馆，我何不邀约一些文朋诗友一起品鉴？

从照壁左边进入店内，皮肤白皙、长相秀丽的老板娘就迎了过来，招呼我落座。虽是寒冬，却让人有一种春风拂面的感觉。店内装修古色古香，一楼有吧台、散座、雅间、后厨；从店门外左侧的一个门进入，上至二层，竟然别有天地，风格更显古朴典雅。大厅宽敞，设有书画桌、茶台，字画悬挂相得益彰。另有几个包间，均以岚皋本地的风景名胜命名，诸如南宫山、女娲山、神河源、天书峡等。在其中两个包间内，可凭窗欣赏古城墙，真是得天独厚、可以静静发呆的好地方！坐在茶台前品茗，一位外表憨厚的汉子手法娴熟地沏着陕南富硒茶。闲聊中，才得知给我沏茶的竟是这家私房菜馆的老板，他如数家珍地介绍着该店的特色菜品。

正午时分，我邀约的朋友们陆续到齐，八人一桌，坐了天书峡包间。在老板的推荐下，我们点了九个特色菜品，外加苞谷酒、摔碗酒（米酒），还泡上了一位书法家老师自带的"水仙公主"香茶。这家饭馆的菜品很有特色：黄铜月牙形器皿上，悬挂小铁锅，里面沸腾着高山带皮羊肉；简朴铁支架下，是酸菜吊罐烩小豆；一方豆色石磨盘状的器皿内，盛着绿色养生合渣，外配小碗青红剁椒；类似剖面的螺壳内，装满烧辣子干洋芋，配有烧辣子和霉豆腐（豆腐乳）；竹笋形弯盘内盛放酸辣魔芋丝；另有四盘分别是岚河沙棒鱼、洋芋粑粑炒腊肉、渣辣子炒苔皮、天蒜土豆丝。各色菜品上桌，香气氤氲，引人垂涎欲滴。

开吃之前，店家捧出摔碗酒，给每人倒上一小土碗和醪糟酒精度一样低的清香米酒。在座的朋友们共同举碗过顶，高喊一句"喝了摔碗酒，永远是朋友"之后，仰脖痛饮而尽，并将空碗尽情摔碎！真是豪气干云、酣畅淋漓啊！

喝过摔碗酒，我和文朋诗友们迫不及待地品尝陕南岚皋美食。高山带皮羊肉皮酥肉嫩；酸菜吊罐烩小豆酸香可口；绿色养生合渣看着都养眼养胃；干洋芋蘸着烧辣子和霉豆腐，格外有味；酸辣魔芋丝酸辣开胃；岚河沙棒鱼的小鱼很有特色；洋芋粑粑炒腊肉，洋芋粑粑绵软，腊肉咸香；渣辣子炒苔皮里的苔皮筋道；天蒜土豆丝中的天蒜味道独特，据说天蒜来自岚皋海拔一千五百米的高山，天然野生，自有一种与众不同的味道。

这顿陕南味道、岚皋特色的珍馐美味，获得了大家高度一致的美评，也给我留下了难以忘怀的印象。席间，有文朋诗友捧场，有年轻秀丽的老板娘即兴高歌，还有佳茗和美酒，自是美不胜收，兴尽而归。

这家私房菜馆还有很多有特色的菜品，需要重养生、懂美食的朋友们自己亲自来品尝。明城墙根下的陕南特色美食，对珍馐美味绝不辜负的朋友们，是不是舌尖上的馋虫已经蠢蠢欲动了，像我一样也要约起呢？

（2018 年 2 月于长安龙首原）

原载《中国陕菜网》2018 年 3 月 12 日《食记》

芹菜与香水百合

芹菜与香水百合，一个蔬菜，一个花卉；一个下里巴人，一个阳春白雪。两者八竿子打不着，我怎么把它们相提并论？且听我慢慢道来。

那是己亥年中秋节，西安一直在下雨。即便下雨，节也是要过的呀！ 我冒雨出门采购过节物品。在生鲜超市购物结账时看到了水灵灵的芹菜，满眼欢喜地又挑了两根。

芹菜，再熟悉不过的家常蔬菜。看着刚买的芹菜，周身青翠欲滴，几枝叶柄高高直立，深绿的竖条纹从根部伸展到顶端。互生的碧绿叶片，呈大锯齿状的三角形，蓬蓬勃勃的。我轻揪了一片叶子，即刻有独特的清香飘散。我把芹菜放在竹编菜篮里，碧绿的叶子露在外面，有了美丽绿植的感觉。

路过花店，看到五颜六色的鲜花，我突然有了买束鲜花的想法。花店不大，小巧可人，充盈着康乃馨的香甜和百合花的馥郁。我不由凑近香水百合轻嗅，那香气让人沉醉。就它了，两枝百合花，都是双头的，一枝两朵全开，一枝一朵盛开，另一朵含苞欲放。买束百合过中秋，象征着和和美美。

走在回家的路上，撑伞的手举着那束百合，另一只手提着菜篮子，是不是有点怪怪的？　在我心目中，举着百合花的女子，应该撑把油纸伞，穿着水墨画般的旗袍，飘飘然走在斜风细雨中。可我却有点煞风景，菜篮子很沉，我的右肩都被拽斜了。雨很大，雨线被风吹进了伞里，我的鞋子进水了，裤子也被雨淋湿了。这时迎面冲过来一顶硕大的黑伞，猛然撞飞了我的小花伞，百合花也被撞落在地。

在路人的帮助下，我狼狈地捡起百合花，白玉般的花瓣摔出了褶皱，花儿有些疼，我也有些心痛！　回到家，赶紧把百合花养在有着粉色玫瑰浮雕的透明玻璃花瓶中，让花得到休养和保护。我把花瓶摆放在一进客厅的醒目位置，仅仅多了一束百合花，整个客厅就焕发了神采，增添了神韵。

它细长细长的秆，碧绿厚实狭长的叶片，闪着蜡质光泽，上面有好看的竖条纹。盛开的花朵，就像打开的白玉花盏。花瓣分上下两轮，每轮三瓣，交替错开，中心顶出一根长长的雌蕊，周围有六枚雄蕊，上面带着赭红色的花粉。

　　欣赏过鲜花，我开始做晚餐。鲫鱼豆腐汤炖好准备出锅时，才发现没有买香菜，只有找替代品了。低头看见菜篮子里刚买的芹菜，有了，用芹菜叶来代替。我揪了几片芹菜嫩叶，洗净切碎，撒入乳白的鲫鱼豆腐汤中。好嘞！鲜香的鲫鱼豆腐汤出锅了。汤乳白，叶碧绿，看着好诱人，喝一口更是鲜香醉人。

　　晚间散步归来，推开家门，香水百合的香味馨香了我的整个身心。灯光映照下，雌蕊的顶端，有晶亮在闪烁。凑近一看，原来有小水珠析出，就像一小颗透明的水晶。那白中透碧的花瓣，犹如羊脂玉雕琢而成。靠近花心处，花瓣表面有小小凸起的小触角，有点像蜗牛的触角。花瓣的横切面也很漂亮，呈放射状的三角形。洁白的花瓣又仿佛是用塔夫绸做成的，花瓣边缘波浪状卷曲着，就像一条波浪裙。

　　含苞的那朵，犹如一枚碧绿的长苞状果荚，感觉花苞冷不丁就会爆裂开来。隔天晚上，那花蕾悄悄地一点一点地绽开来，先是下层三瓣，再是上层三瓣，直到完全绽开。绽开后的百合，散发出迷人的香气。静候一朵花开，就像静候一位美人。心里知道她的美，知道她的好，你只需静静等候她的到来。

　　碧绿的芹菜，丰富了我们的餐桌；洁白的百合花，点缀了我们的生活。人们的生活，既需要蔬菜，也需要花朵。一个人，特别是女人，除了承担生儿育女、赡养老人、整理家务的重任之外，还要给自己留一点时间和空间，读读书，养养花，培养一些兴趣爱好。是啊，人生不只要烹饪生活，更要装扮生活，让生活有滋有味，让日子有声有色。

（2019 年 9 月于长安龙首原）

原载《西安晚报》2025 年 1 月 8 日 8 版

搅团趣事

　　升入六年级的女儿，周末还有节假日总在各种培训班中度过，再加上声乐课的排练，奔波疲倦导致孩子总是蔫蔫的没有食欲。一个周六的中午，我接到刚上完声乐课的孩子，问她想吃啥，孩子摇摇头，说乏得累得啥也不想吃。这可把大人愁住了，下午还有文化课的学习，不吃饭怎么行呢？后来先生提议去吃搅团，孩子听了，显出很感兴趣的样子，于是一家人来到古城梨园路的一家搅团店。

　　古香古色的装修风格，殷勤热情的服务人员，让人觉得很舒服。给孩子点了该店的镇店之宝——"黄金万两"，还有两份油泼面。大家伙肯定有疑问，何为"黄金万两"？原来这道搅团饭菜是该店的特色搅团之最，所以号称"黄金万两"。

俄顷，只见女服务员用一硕大圆形实木托盘托来一道饭菜：中间是带盖的大粗瓷陶罐，罐盖上系着红色丝带，周围一圈八个小粗瓷陶碗众星捧月般地簇拥着，倒惹人遐想！服务员轻声说了句"请稍候"，随后又取来一锣一锤一剪，神情恭谨地站在桌旁，我不免疑惑：这是要做什么？只见服务员递过来一把金色剪刀，恭敬地说："请贵宾剪彩揭彩！"先生谦让，女儿推让，所以这个贵宾我就当仁不让了。我右手轻握剪子，用剪刀尖轻挑红丝带，红丝带应剪而落。这时只见服务员左手提锣，右手拎锤，"咣"的一声，包着红绸布的木锤轻轻敲击在金色的锣面上，服务员热情唱祝词："锣声一响，黄金万两，请您揭盖赏宝！"我好奇地揭开大粗瓷陶罐的小木盖，只见一股热气飘散而出，玉米面的香甜也就扑鼻而来。服务员拿起韭菜碗、蒜苗碗，边往罐中放边说"一碗韭菜，香飘万代"，又拿起柿子酱、秘制酱汁道"一勺酱汁，百年配方……"真是没想到，吃个搅团，竟有这样繁复的花样和名堂！这不仅仅是吃搅团，更是吃古老的关中饮食文化、礼仪文化！

大陶罐里是淡淡的柔和的玉米面搅团，上面有搅动的环形轨迹，一圈圈的有点像淡黄色的奶油冰淇淋挤出的花纹。先生将周边剩余小粗瓷陶碗里的配料一一添加：先撒入珍菌、泡辣圈、腌蒜薹，后倒入清亮的醋汁。翠绿的春韭蒜苗，鲜红的柿子酱泡辣圈，酱色的腌蒜薹特色咸菜……一圈汤汁配料围着淡黄搅团，就像许多配角簇拥着主角出场一样，这大概就是老辈人所谓的"水围城"吧！ 女儿看得垂涎欲滴。

先生用长柄木勺舀一勺搅团，再舀一勺搅团周围的各色配料，放入我和女儿面前的小碗中，女儿早举着小勺等着开吃呢。一勺入口，只觉酸辣鲜香，胃口大开，她吸吸溜溜吃了两碗。这时油泼面上场了，老陕的大海碗都比较实在，我和女儿香香地分食了一碗，先生也咥了一海碗油泼面。外地的朋友也许不了解，吃了一大罐搅团，为什么还要再吃油泼面？ 这就要说到搅团的另外一个名字——"哄上坡"。原来搅团不耐饥，吃完刚上个坡就饿了，所以还需要再来点面食垫补垫补。

晚餐时，在家吃着米饭炒菜，女儿突然说她还想吃搅团。我和先生相视一笑，打趣她道："你还吃上瘾了？ 那不行明天我和你爸爸给你打搅团？"女儿满脸狐疑地上下打量我俩，"你俩会打搅团吗？ 别做得吃不成。"看着女儿高度怀疑的样子，我拍着胸脯说："放心！ 小时候经常看你姥姥打搅团，明天爸爸妈妈亲手给你打搅团！"

豪言壮语既然许下了，当然就得认真对待。周日早晨，我和先生开始为打搅团采购食材了。买来翠绿的春韭，红红的西红柿，碧绿的小葱，刚上市的新蒜，再称上几斤玉米面。一切准备停当，我俩就开始忙碌起来。择好头茬的春韭，再配上小葱，炒成调味的菜花子，西红柿炒成酱汁，捣好新蒜调成蒜汁子。配料已准备到位，刚好铁锅的热水也已烧开，现在就剩打搅团了。

我力量小，负责撒玉米面；先生有劲，负责用擀面杖搅。俗语说："搅团要好，七十二搅。"先生轮开膀子顺时针方向不停画圆搅动，我则适时的轻撒玉米面。面溶入水中，渐渐由稀变稠。打搅团是个力气活，先生搅得满头是汗，我要替换，他又不让。望着铁锅内像火山岩浆一样咕咕嘟嘟冒着热气泡的搅团，心想应该差不多了吧？ 突然，我"啊"的一声惨叫，感觉左眼下方皮肤灼痛，原来先生搅动过程中，由于用力过猛，将一个热气泡搅破甩出，恰巧甩在我脸上。我急忙拧开水龙头，用凉水冷敷，可是灼痛依旧。先生吓坏了，忙问怎么了，我一时顾不上回答他，打开冰箱冷冻室，取出夏天女儿没吃完的冰棍，带着外包装敷在灼痛处。看着一脸紧张的先生，我气呼呼地说："好哇！ 你居心不良，想害我毁容！ 上次给爸打搅团烫伤的地方还没好彻底，这次又被你来个火上浇油。"先生一脸"坏笑"地看着我："有吗？ 我觉得你哪有容？ 也许只有三分貌吧！ "经他这么一打岔，倒顾不得疼了，只在琢磨容和貌可以分开用吗？

后来，费了九牛二虎之力才将搅团打好。给家人盛到小碗里，放入炒好的春韭葱花西红柿酱，浇入蒜汁子，红红翠翠的，煞是好看！ 我满怀期待地看着女儿舀了一小勺送入口中，等着听她赞美的话语。谁知女儿小脸紧蹙："啥嘛？ 比我姥姥做得差远了，跟昨天吃的也没法比。"听了女儿的话，我真是好委屈："爸爸妈妈很少打搅团，经验不足，你没看妈妈为给你打搅团，脸都破相了。"女儿看着我的脸，用手轻轻摸了一下已经形成的水泡，担心地问："疼不疼？"我安慰女儿说："已经不疼了，放心吧！"虽说烫伤后第一时间做了冷敷处理，但是左眼下方颧骨位置还是有黄豆大小红斑，上面已起了透亮的水泡。"哎！打搅团的人没烫伤，撒玉米面的人倒烫伤了，谁能想得到？"先生也是一脸委屈，女儿埋怨他没把妈妈保护好。

说实话，搅团确实没打好，不够柔滑劲道，还好汁子有味，凑合能吃。细思原因，估计是因为没有加入少量麦面，单纯用玉米面制作，所以搅团口感稍嫌粗糙，我不由深深怀念母亲做的搅团。

母亲做搅团，一般都是我和哥哥当助手，由我俩轮流搅，配料汁也是常吃常新。除了我和母亲学的那些配料之外，春季，母亲会增加苜蓿或荠菜等野菜；夏季，会配点小香芹；秋季，点缀点胡萝卜丝；到了冬季，自然会下点酸菜喽！记得有次打搅团，母亲取了擀手擀面的长擀杖，往常使用的擀饺子皮的小擀杖。配料汁子备好后，母亲往大铁锅中的热水里洒面粉，哥哥先搅，大概搅了十多分钟，哥哥的两条胳膊又酸又困，然后我再替换他。我顺时针画着圆搅动，看着一圈圈的螺旋状面糊，慢慢地变化着，嘴里还会不停地问："妈，差不多了吧？我的胳膊好困！"母亲一边撒着面粉，一边念叨："还早着呢！好好搅，顺一个方向搅，不要松劲。搅团要好，七十二搅。"关于打搅团的动作要领，我也只是记住了这句话。我估计最多搅了五分钟，就又将擀杖交给哥哥了，反正他是男孩子，有劲。哥哥正搅着，突然"咣当"一声，只见抽油烟机的罩子被擀面杖碰了下来。我们娘三个都吓了一跳，然后看着掉在地上的抽油烟机罩子，不由哈哈大笑。那顿搅团的滋味，由于这个小插曲的出现，即便时隔许多年，我依然记忆犹新。

一道普通的陕西家常饭菜，承载了这么多有趣的记忆，让人思之垂涎、回味无穷！搅团不仅仅是一道陕西特色美食，更是传承亲情的纽带，传递关爱的载体。这样打搅团、吃搅团是不是很有趣呢？

（2017 年 5 月于长安龙首原）

后记　书写人生真善美

人生是一本大书，每个人都在书写属于自己的精彩。

我已记不清是从什么时候拿起笔，记录下生活的点点滴滴。只记得青葱年华在兰州大学医学院就读时，5年求学历程，课余时间我将医学院图书馆里的书读得差不多了。不光是医学类书籍，还有社会科学类、文学类、音乐类、美术类等图书。莎士比亚说："书籍是全世界的营养品。生活里没有书籍，就好像没有阳光；智慧里没有书籍，就好像鸟儿没有翅膀。"五花八门的图书，给我插上矫健的翅膀，让我在知识的天空自由飞翔。

脚步不能到达的地方，读书可以。阅读，让我开阔了眼

界，拓展了知识体系，丰富了人生阅历。大学毕业时，我特招
到部队医疗机构工作，成为一名光荣的军医。工作之余，除过
阅读，我把自己的所思所想所感写下来，几年时间，积累的文
稿也有厚厚一摞。这些文稿被我锁在抽屉里，就像保管日记一
样，唯恐被人发现。

当时部队有本文学杂志《西北军事文学》，封面和内文都
让我着迷。看到《西北军事文学》的征稿启事，我怀着忐忑的
心情，将我写的小文《苇花轻扬》投了出去。没过多久，我接
到了编辑老师的电话，说文字不错，打算采用。欣喜、激动一
齐涌上我的心头，我简直是盼星星盼月亮地盼着新一期的《西
北军事文学》出刊。终于样刊寄来了，是 2003 年第 2 期（出
刊 100 期纪念）的《西北军事文学》，我的文章和姓名端端正
正地呈现在文学期刊上。

夜深人静时写下的文字，变成了印刷字，出现在全国和全
军都有影响力的刊物上。一时之间，很多人都知道了有位有文
采的女军医，在《西北军事文学》上发表作品。《苇花轻扬》
是我发表的第一篇散文处女作，可以说我的写作是从部队开始
的，是从《西北军事文学》启航的。

时光的脚步从不停歇，岁月的年轮从不固守。屈指算来，
利用业余时间写作也有二十年了。我是这样不急不缓，一步一
个脚印地往前走。当然，除过文学作品，业务工作也要往上
走。在解放军某医院进修时，和带教老师共同撰写的学术论文
《鼻腔异物长期误诊分析 1 例》，刊登在 2004 年第 1 期的

《中华现代耳鼻喉杂志》上。冠以"中华"字样的专业学术期刊，内行都知道其含金量。刚开始领导和同事们还担心我业余时间写作，会影响本职工作。现在看来，不但没有影响，而且还有积极的促进作用。

考虑到孩子的教育问题，我主动申请回到地方工作。丁亥年年底，我转业到西安市某区一级卫生行政部门工作。面对工作环境的变化和工作岗位的调整，我需要积极适应和成长。乙未年，在编辑《城市化在未央》（卫生篇）一书中，我通过实地走访调研，撰写《旧貌换新颜——未央区村卫生室标准化建设纪实》，跟未央区文联和作家协会的老师们联系的多一些。他们看过我的文字后，积极邀请我加入未央区作家协会。就这样，我慢慢地接触到未央区和西安市的文化圈子。

我不再把自己业余时间写的文字压箱底了，而是择优投给一些报纸和杂志，收表了《书香陪伴孩子成长》《最忆永寿槐花香》等。随着发表量的增多，我很快成为西安市作家协会会员。在日常工作中，因为我曾经分管过妇幼工作，所以总有人向我咨询妇幼保健和育儿方面的知识。看到有这么多的年轻父母、小朋友们渴求这方面的知识，我就萌发了要写一本书，一本可以解答年轻父母和小朋友们关于成长发育的书。这就是2019年陕西科学技术出版社出版的我的第一部著作《福娃成长记》。

写作《福娃成长记》的间歇，我陆续写下一系列散文作品。《搅团痣》《妈妈的绣花被套》让读者感同身受；《大明宫美人》《您一直唤我鸿雁》让更多的读者认识了我；《秋游天竺山》入选第三届全国青年散文大赛作品集；《遥远的阿孜古丽》荣获第四届全国青年散文大赛优秀奖；《未央　未央》刊发在《光明日报》上；《燕妮》荣获第五届全国青年散文大赛优秀奖……根据发表作品的数量和质量，再加上一部著作《福娃成长记》，己亥年我被批准成为陕西省作家协会会员。

写作真的是要靠实实在在地写才行啊，要靠作品说话，要靠文字取胜，投机取巧和歪门邪道都是不可取的。《福娃成长记》让我获得了一定的关注度，但我心里清楚，这只是过程，不是终点；这只是平原，不是高峰。

戊戌年清明时节，缠绵病榻两三年的父亲过世了；己亥年，家庭也发生了变故。从这个时候开始，我带着年迈的妈妈和年幼的女儿生活。无论生活是晴是雨，往后余生我都会欢喜度过。我在心里告诉自己："女儿当自强！"照顾老妈妈、培养女儿是我义不容辞的责任。老妈妈身康体健，女儿学习稳中有进，壬寅年被一所知名的"双一流"建设高校、国家"211工程"建设高校录取。

大学同学聚会时，同学们总说我没有变，还是以前的模样。我笑着回答："我要照顾年迈的妈妈，还要照顾没有独立的女儿，我不敢变老，更不敢生病。"时光荏苒，岁月变迁，一个人咋能没有变化呢？离大学入校二十年了，同学们或多或少都有了变化。他们没有想到的是理科生出身的我，竟然在业余时间从事文学创作，而且有了小小的成绩。

　　有读者读过《福娃成长记》后，希望我能写写青春期的学生，说她家孩子升入初中，又叛逆又难沟通。读者的需求就是我写作的动力。我决定动手收集青春期学生的相关资料，为刚刚走进青春期的初中生们写一本书。从 2020 年春天开始，历经三年，这本书多是在工作和疫情防控之余，硬生生在夹缝中挤时间写的。而且这三年中，我考取了文化建设与文化管理的研究生，并顺利毕业，女儿也考上了大学。我们母女俩都在向前奔跑，一刻都不敢懈怠。

　　2023 年 8 月，我写给西京城中一群初中生的著作《青春悄悄来》公开出版发行。文学界的前辈、学校的老师和同学们，都给了《青春悄悄来》繁盛绿叶般的赞美。2021 年，《福娃成长记》入选第十一届全国优秀儿童文学奖参评作品目录，2023 年荣获陕西省优秀科普作品征集"优秀科普出版物奖"；《青春悄悄来》荣获"2023 年度未央区优秀文学作品"称号。2024 年，我如愿加入中国作家协会，成为中国作家协会会员。风雨无阻地兼程，总会有所收获。

　　走过一段路程后，要回头看看曾经的过往。我把这些年来用心灵创作的散文结集，就是这本《雁翔长安》。这是一部关于长安历史、风物、人物及长安人家的文学留痕之作。我在长安阅读、思考，在长安畅想、回忆，在长安生活、成长。长安已融进我的血脉，我像展翅高飞的鸿雁一样，在长安之上自由飞翔。

　　西安市未央区文化遗产与文物保护协会得知我手头有一部

散文集书稿，书写长安、书写文化遗产、书写文物保护，认定有出版价值，即与陕西人民出版社联手，使之终于呱呱坠地。对此，感激之情，自不待言，我将用更好的文字予以回报。

书写生活，书写人生，书写时代，书写自己，让我如此充实，让我如此愉悦。

我愿与读者朋友分享我的快乐。

2024 年 10 月

于长安龙首原